ELISABETH

Michael Buselmeier wurde 1938 in Berlin geboren und wuchs in Heidelberg auf, wo er bis heute als Schriftsteller, Publizist, Herausgeber und Literarischer Stadtführer lebt. Zahlreiche Veröffentlichungen. 2010 erhielt Buselmeier den Ben Witter-Preis der ZEIT-Stiftung, 2011 stand er mit „Wunsiedel" auf der Shortlist zum Deutschen Buchpreis, 2014 wurde ihm der Gustav-Regler-Preis der Stadt Merzig und des Saarländischen Rundfunks verliehen. Zuletzt erschienen bei Morio die Heidelberger Schloß-Anthologie „Alles will für dich erglühen" und der Gedichtband „Mein Bruder mein Tier" (beide 2018).

MICHAEL BUSELMEIER

ELISABETH
EIN ABSCHIED

Morio Verlag

Ich hab im Traum geweinet ...
         Heinrich Heine

Und nun fährt die schläfrige Nacht mit ihrem Pelzärmel über die Welt und hat alle Farben verwischt.
         Joseph von Eichendorff

Vor allem, wenn ich sie befruchte, hat die Krankheit Vorzüge, welche der Gesundheit fehlen.
         Marcel Proust

Es war diese Spur von Vergessen in allen Hirnen, Falten, Gesichtern.
         Durs Grünbein

Die Dickhäuter schwören: Wir vergessen nichts.
         Alexander Kluge

I. Dies fiese Alter

Kann nicht mehr fort darf nicht mehr raus
bewege mich allein ums Haus

zusammen mit dem fetten Kind
verfault verloren farbenblind

am tiefsten Ort im kühlen Grund
zerbröselt Kalk im kargen Rund

blickt hoch das altgewordne Kind
zum Dichter der sich dreht im Wind

die Atemmaske vor dem Mund
gleichst du dem blassen Pudelhund

Mein Leben, es scheint mir fast schon vorüber zu sein, ohne dass ich es recht bemerkt habe. Wie abgenutzt, abgewetzt, abgeschnurrt die Tage, Wochen, Monate, wie dahin- und weggefegt im Straßen- und Wohnungsstaub, im Wörter- und Menschengestöber. Sollte ich es etwa „geglückt" nennen? An das meiste erinnere ich mich spontan kaum noch; es ging alles so unerbittlich schnell vorbei. Eben noch Frühling und nun bereits Herbst, später Herbst sogar, fast schon Winter, erste Schneeflocken, ein düsteres Wintergrün. Eben noch Aufstand, Revolte mit roten Fahnen, und nun Stagnation, ständiger Rücklauf, Alters-Verzweiflung. Die bunten Blätter der Bäume kleben am Boden, die Äste sind grau verfärbt und verwittert, manche auch schwarz von Regen und Unwetter. Auch sonst kommt mir, sobald ich aus dem Fenster schaue, draußen alles grauschwarz und nebelverhangen vor. Bin ich in meinem Bemühen um so etwas wie Wahrheit, „Wahrheit der Sprache", „Wahrheit des Denkens und Fühlens", „Wahrhaftigkeit überhaupt" gescheitert? Ist Wahrheit in der Kunst eigentlich erstrebenswert? Sucht der Dichter nach Wahrheit oder liebt er den Schein? Ist nicht das Zweideutige und Ironische, das gebrochene Gegenteil des Gesagten, das scharfsinnig Erfundene und selbst das Geträumte wichtiger? Fremd ist mir jedenfalls das Allernächste, das alte Doppelhaus am Hang mit seinen zu vielen Büchern, der vom Unkraut überwucherte Bauerngarten, das Gartenhaus, die perfekte Aussicht über das Meer der Rheinebene, ihre Lichterketten bis zum kurfürstlichpfälzischen Ende der Welt. Sogar die Gartenbank, die ich im sizilianischen Stil selbst gemauert und mit hellblauen Fliesen beklebt habe, bröckelt verschmutzt vor sich hin, und mir fehlt es an Lebensmut und Arbeitsfreude, um sie zu erneuern. In den letzten drei, vier Jahren bin ich unübersehbar gealtert. Direkt abstoßend, wie ich kürzlich in einer Spiegelfläche erschien, der ich in einer Passage entgegenstolperte, so greisenhaft dürr, mit wirrem weißem Haar, bleichen eingefallenen Wangen und schief verzogenem Mund. Ein mir fremder Mensch, beinah ein Tier, ein kostümierter und gefärbter Affe kam da plötzlich direkt auf mich zu. Alte Leute, dachte ich spontan, sind geschwätzig und unsauber. Den da kenn ich nicht, murmelte ich in mich hinein und wandte mich schroff ab, der kann und will ich nicht sein!

Das Alter ist jedenfalls herangekrochen mit Rückenschmerz, Kopfschmerz, Gliederschmerz, mit Halsentzündung, Darmentzündung, Hautentzündung, Grauem Star, vereiterten Zähnen; die gesamte Mundhöhle brennt. Für ein paar Schreckminuten sah ich die Welt um mich her nur noch undeutlich, alles verschwamm vor meinen Augen, die Dinge verloren ihre Konturen. Ich konnte auch die Zeitung nicht weiterlesen, erkannte die alltäglichen Zeitungswörter trotz ihrer Trivialität und Leere nicht mehr. Vorhin brachte ich die Formulierung „mit fliegenden Bettfedern" nicht zustande, ich stotterte, verhaspelte mich am Telefon mehrfach, bekam schließlich keinen vernünftigen Satz mehr heraus, legte den Hörer ab, schämte mich des Gestammels, verstummte. Das Kopfweh nahm zu, der Druck auf der linken Seite des Schädels wuchs, und ich hatte das Gefühl, als könnte ich erst die rechte, dann auch die linke Hand nicht mehr zuverlässig und störungsfrei gebrauchen. Jedenfalls taten die Hände nicht mehr, was ich ihnen auftrug, die Finger zitterten, schrieben falsche, kraklige Buchstaben, die nicht zusammen stimmten, und tatsächlich entglitt ein mit Wasser gefüllter Becher meinem kraftlosen Zugriff. Beim Aufwischen des Wassers schlug ich mir den Kopf am Fensterrahmen blutig. Jähe Panik, Selbstmitleid.

Ich vergesse oder verwechsle auch Namen, Ereignisse, Leitsätze jetzt häufiger, benutze die falschen oder zumindest schiefe, leicht missverständliche Wörter. Vergesse bei öffentlichen Debatten die mir gestellte, angeblich entscheidende, letzte Frage, auf die ich antworten soll, vollständig. Oder ich finde nach kühnen Exkursen nicht mehr zum Ausgangspunkt meiner Rede zurück, weiß plötzlich nicht mehr, was ich eigentlich sagen wollte, starre hilflos ins Publikum, schnipse mit den Fingern wie ein debiler Schauspieler, der seinen Text vergessen hat und auf die Hilfe des Souffleurs hofft, die ausbleibt. Es kommt auch vor, dass ich die Straße nicht mehr erkenne, durch die ich gerade gehe, obwohl mir die Stadt und erst recht das westliche Stadtviertel, in dem ich aufgewachsen bin, eng vertraut sind und sozusagen mein Heimatgelände. Und wie heißt dieser kleine Platz mit dem klassizistischen Kiosk eigentlich, wie diese Privatklinik mit dem verrosteten Zaun, die ich schon öfter besuchte? Zumal auf Fotos und erst recht auf Stadtplänen, historischen wie aktuellen, finde ich mich nur mühsam zurecht. Passiere ich gerade die Häusserstraße oder die Gaisbergstraße? Zum Verwechseln ähnlich erscheinen mir die Jugendstil-Fassaden, die reich verzierten Hauseingänge, die Fenstergewände, die Gartenmauern aus Sandstein, die gepflegten Büsche, die Bordsteine …

> „Man sieht den Alterungsprozess mit erschreckender Deutlichkeit an den Leibern der eigenen Eltern, die in den Achtzigern stehen … Dieses langsame Sich-Auflösen des Lebens über viele Jahrzehnte hinweg …"
> (W. G. Sebald)

Wir sollen das sein? … Sind wir das wirklich? … diese vergrämten Alten im Hausflur oder im Park, die niemanden haben, der manchmal nach ihnen schaut, der freundlich mit ihnen spricht und für den sie noch wichtig sein könnten. Greise Paare, die sich zanken in ihrer verschmutzten Wohnung, die sich schlagen und wechselseitig füttern und die eines Tages tot sind, weggefegt, mit all dem angesammelten Müll auf den Mist geworfen werden, und die keiner vermisst … Niemand will genau wissen, wie widerlich das Alter ist, wie klebrig, nach Ausscheidungen und nach Tod riechend.

Auch Elisabeth ist mir fremd, fast unheimlich geworden. Ihre Trägheit, ihre Unbeholfenheit, ihre Schlafsucht, ihre dumpfe Abwesenheit, ihr stummes Schweigen oder mechanisches Ja-Sagen machen mir Angst. Wie heftig, wie innig war unsere frühe Begegnung, über fünfzig Jahre zurück: wir beide und die Stadtbücherei, wo wir uns, um ein Regal biegend, zum ersten Mal gesprächsweise näherkamen, sie in einem engen, mattgrünen Wollkleid, das nach Horn und Honig roch. Wir beide und die Altstadt Heidelbergs, die uns, die wir mit vielen anderen demonstrierten (und das Demonstrieren erst lernen mussten), zugehören schien, wir alle in unruhiger Bewegung, die Universität, die Straßen, die Häuser, die Hecken und Zäune, die Luft, das ganze Land flackerte im Aufruhr ... eine Revolution, so meinten wir, sei da in Gang gekommen, an der wir beide glücklicherweise teilhatten – der Staat, die Stadt, die Universität, die Betriebe demnächst in Studenten- und Arbeiterhand! Ein gemeinsamer Aufbruch jedenfalls, eine Revolte der Jugend, eine große Nähe und Zärtlichkeit bei nächtlichen Zimmer- und Bettgesprächen, bei Bummelzugfahrten, Spaziergängen im Winter (unsere Fußstapfen im ersten Schnee), bei nächtlichen Aufmärschen der Polizei dicht beisammen am Straßenrand, Hand in Hand rüde Parolen rufend, die jetzt im Nachhinein, ich höre sie noch, hohl klingen. Die großen utopischen Theorien schienen endlich wahr zu werden und ihre akademische Fremdheit ein Stück weit zu verlieren. Sie drangen in unser Alltagsleben ein als sich langsam nähernde Sprechchöre, vom Westwind verstärkt herangetragen. Sie klangen wie ferne Schlachtgesänge, erregten und beflügelten uns.

Wo mag sie geblieben sein, diese enorme Energie, mit der Elisabeth die Familie begründet, sie aufgerichtet und über all die Jahre zusammengehalten hat, diese herbe, unbändige Kraft, mit der sie vor Schülern und Studenten dozierte, zur Nachtzeit Flugblätter tippte und auf der Straße mit erregten Kleinbürgern disputierte (im weißen Anorak, ihr langes schwarzes Haar), alle Freunde in Bewegung hielt und für nahezu alles zuständig war, Wissenschaft betrieb, Haus und Garten versorgte, Kindergeburtstage, Ausflüge und Ferienreisen organisierte, während ich lieber den Kopf einzog und mich tot stellte, wann immer es ging.

Ihre auffallende Schönheit, ihr pragmatischer Ernst ... In gewisser Weise habe ich meine schmale Karriere ihrer Lebenskraft und Arbeitswut zu verdanken, ihrer Fähigkeit, verschiedene Dinge gleichzeitig zu tun, was nicht immer klappte. Ich habe, könnte man auch behaupten (und man hat es getan), Elisabeths Kräfte aufgesaugt und meine privaten Erfolge auf ihrer Bereitschaft zum Verzicht errichtet. Sie verdiente als Dozentin für Sozialpädagogik das nötige Geld, sie lehrte in Frankfurt, las, wenn sie heimkam, meine Gedichte und tippte gelegentlich, wie es zuvor meine Mutter getan hatte, sogar meine Manuskripte, kochte uns, jedenfalls in den ersten Jahren, Köstlichkeiten wie Krautrouladen, Lammragout, Steinpilze. Auch das Ausfüllen von Formularen und selbst die Einkäufe nahm sie mir weitgehend ab. Nicht nur das täglich Notwendige trug sie herbei, auch Kleidungsstücke und Schuhe, die mir selber zu kaufen ich zu bequem war, selbst Bücher, eine schwere elektrische Schreibmaschine, einen Bürostuhl, auch Gegenstände vom Sperrmüll schleppte sie an. Und wie selbstverständlich legte ich ihr sämtliche Rechnungen, die zu bezahlen waren, auch zerlöcherte Hosen und zerrissene Hemden auf den Schreibtisch und kümmerte mich außer um die Versorgung der Kinder um fast nichts. Ich schmiegte mich in die Kissen, während sie früh morgens zum Zug nach Frankfurt aufbrach, lauschte mit schlechtem Gewissen ihren verhallenden Schritten im Flur, bis die Haustür endlich zufiel und nur das Geräusch der ersten Straßenbahnen, der ersten Mülltonnen, der ersten Amseln im Vorgarten zurückblieb. Dachte an alle Poeten, die ihr Schreiben dem Tod der Geliebten verdankten oder zumindest ihrer Ausbeutung, wie etwa Orpheus, Novalis, Benn, Pound, Rilke, Kafka und andere.

Elisabeth ist nicht mehr die Frau, die ich vor einem halben Jahrhundert geheiratet habe (eher taktisch geheiratet, damit sie als Studien-Assessorin eine Lehrstelle in der Stadt fand und nicht aufs trübe und zurückgebliebene Land versetzt wurde). Sie wirkt seit einigen Jahren, genauer: seit dem Zeitpunkt ihrer Pensionierung, wie erloschen, wie ausgebrannt, sie bewegt sich oft schleichend und leicht schwankend und stolpernd durch die Wohnung, ein Gespenst fast, wie sie mich trostlos über den Frühstückstisch hinweg anschaut und jede Zuständigkeit für Kochen und Saubermachen abweist. Den blühenden Bauerngarten, selbst den Balkon betritt sie freiwillig schon lange nicht mehr.

Eigentlich sollte mit der Pensionierung ihr zweites Leben und eine neue Zeitrechnung beginnen, nämlich die rasche Fertigstellung einer wissenschaftlichen Studie, zu der sie jahrzehntelang ruhelos Material zusammengetragen hatte, Exzerpte aus Büchern und Sammelbänden, Archiv-Funde, Gespräche mit oft weit entfernt lebenden Zeitzeugen, greisen Professoren, deren letzte Worte sie festhielt. Die erste umfassende Geschichte der Heidelberger Germanistik musste nur noch zusammengestellt werden, zusammengebaut aus verschiedenen, teilweise fertigen, ja bereits in Zeitschriften und Jahrbüchern publizierten Teilen. Es schien nur noch eine Frage der Zeit zu sein …

Doch mittlerweile scheint sie davon nichts mehr zu wissen. Ohne Regung geht sie die schier endlose Reihe der Leitz-Ordner entlang, die die unteren Regale ihres Zimmers ausfüllen und sich im Keller fortsetzen. Ich könnte ihre verstaubten Schätze wegwerfen, um Platz im Haus für meine Zeitschriften und Bücher zu schaffen, sie würde es nicht einmal bemerken. Früher hatte sie alles im Blick, sie wachte über den Akten, kümmerte sich um jede Einzelheit und hielt dabei streng auf Ordnung. Sie verbannte jede Lärmquelle aus ihrer Umgebung, reagierte mit Ohrenstöpseln auf Baumaßnahmen und Rasenmäher-Gebrause in der Nachbarschaft. Wenn ich einmal, was durchaus vorkam, im Haus oder im Garten etwas gearbeitet hatte und ein aufmunterndes Lob erwartete, vernahm ich nur ihren Standardsatz: „Du hast noch genügend anderes zu tun!" Heute habe ich den Eindruck, sie weiß nicht mehr, was Unkraut ist, was nützlich, und wie überhaupt die Arbeit im Garten funktioniert, von der sie behauptet, sie habe sie, ebenso wie die Haus- und Küchenarbeit, schon immer verabscheut und gehasst, das Kochen ebenso wie das Waschen, Stopfen und Putzen. Soweit ich sehe, liest sie keine Bücher und auch keine Zeitungen mehr, die sie früher geradezu verschlungen hat. Selbst schlichten Sendungen im Fernsehen und im Radio kann oder will sie nicht mehr folgen. „Ausschalten!", verlangt sie nicht nur bei Fußball-Übertragungen, auch wenn Rock-Musik läuft, und wenn ich das nicht tue, verlässt sie nach kurzer Zeit den Raum. Ihre Stumpfheit wächst. Schon lange ist sie mir keine Gesprächspartnerin mehr.

Aber habe ich mich je getraut, entschieden nachzubohren, um herauszufinden, wie es ihr im Innersten wirklich ergeht und wie es darin aussieht? Habe ich es je gewagt, mir Elisabeths Seelen-Chaos vorzustellen, mir die Panik ausgemalt, als sie bemerkte, was gerade in und mit ihr vorging; als ihr in Ansätzen klar wurde, dass ihre innere und äußere Ordnung, alles bisher als sicher Angenommene, nichts mehr galt, vielmehr ungültig und überflüssig geworden war, ein Staub, ein Windhauch? Als sie merkte, dass ihr Gedächtnis nicht mehr in der gewohnten Weise funktionierte, dass sie sich auf ihre Sinne, ihren Verstand wie ihre Erfahrung nicht mehr verlassen konnte, dass sie keine Termine mehr einhalten und keiner längeren geistigen Arbeit mehr nachgehen konnte und selbst Buchbesprechungen ihr misslangen. Dass sie also ihr so intensiv und gegen alle Widerstände bewahrtes und gehegtes Projekt einer Geschichte der Heidelberger Germanistik nicht würde vollenden können. Dass alle Nachtwachen über Büchern und Archivbesuche in Marbach, London, Stuttgart, Berlin und so weiter vergebens, alle Exzerpte und Entwürfe umsonst und verloren waren und nun in Aktenordnern vergilbten. Dass ihr die Wörter entglitten, die Sätze, die Zahlen, die nahen und fernen Gegenstände, Zusammenhänge, dass ihr die Wege wegschwammen … Wie mag sie all das ertragen haben, was mit ihr geschehen ist und weiter geschieht, fragte ich mich kleinlaut, die zahlreichen Einbußen und immer neuen Ausfälle – anfangs verbunden mit herben Aggressionen gegen die Mitwelt, gegen mich, gegen die nächsten Menschen, denen sie in der ersten Phase der Krankheit alle Schuld zusprach. Doch sie kehrte ihre Enttäuschung, ihre Wut, ihren Schmerz auch gegen sich selbst und kratzte sich im Halbschlaf mit den Nägeln Beine und Arme blutig. Dann kam die Zeit der immer neuen, immer stärkeren Psychopharmaka, dann die Phase der Resignation, dann die der Trägheit und Hinnahme und des Dauerschlafs über sie.

Wie vermag sie den herben Kummer über den Verlust des bislang unhinterfragt alles bestimmenden geistigen Lebensentwurfs aushalten? Ich suche nach Spuren des Schmerzes in ihrem Gesicht. Vermeide ich tiefer reichende Fragen um ihretwillen, um sie zu schonen, oder aus Selbstschutz, Feigheit, ja aus Selbstsucht? Ich weiß, sie liegt gerade ein Stockwerk über mir in ihrem Bett, viele Stunden lang stumm, mitunter sich räuspernd, und ich meine, ihren Atem zu hören – schläft sie, die Bettdecke über den Kopf gezogen, oder träumt sie, ohne etwas wahrzunehmen, vor sich hin; hat sie sich aufgegeben? Laufen nicht doch ständig Bilder von früher in ihr ab, Bruchstücke, die sie nicht mehr verknüpfen kann und die wieder versinken, Splitter von Erinnerungen, etwa an das hellblaue Band, das sie einmal in der Zeit, als wir uns kennenlernten, im schwarzen Haar trug, oder an den Fliederduft im Schwetzinger Schlosspark, Efeu, Holunder, Jasmin? Gedanken an die Geburt ihrer Kinder? Und sucht sie nach ihnen? Während ich im Zimmer unter ihr am Schreibtisch sitze, nicht unzufrieden über die so, gleichsam auf ihre Kosten, gewonnene freie Zeit, zieht sie oben den Kopf ein wie eine Sterbende. Da hat sie nun darauf gewartet, nach dem Ende ihrer Berufstätigkeit die erste große, wenn auch etwas zu weitläufig angelegte Studie über die Geschichte der Wissenschaft von der deutschen Sprache endlich vollenden zu können und muss erfahren, dass alles Mühen und Warten umsonst war, dass der Kopf oder besser das Gehirn ihr mit einem Mal den Dienst verweigert und sie in immer dichteren Nebel, Rauch und Finsternis gerät. Dass sie einen beliebigen Text bereits unmittelbar nach dem Lesen oder Hören schon wieder gänzlich vergessen hat und kein Detail mehr wiedergeben kann. Dass sie selbst das Kaffeekochen, das Eierbraten, das Zähneputzen und Waschen nur noch unzureichend beherrscht, weil es ihr schwerfällt, die einzelnen Arbeitsschritte zu koordinieren, und ich ihr bei fast allem helfen muss und sie nicht oder kaum länger allein lassen kann.

Ist so etwas wie Liebe zu einer an Demenz Erkrankten, die schrittweise wieder zum kleinen oder besser: dicken Kind geworden ist, überhaupt möglich? Wenigstens Empathie? Aus der Ferne vielleicht, aber dauerhaft und aus unmittelbarer Nähe? Ist denn alles, was ich seit einigen Jahren unternehme, reine Pflichterfüllung, ein distanziertes Streicheln, Tätscheln, gelegentlich auch ein ungeduldiges theatralisches Poltern, wenn sie gar nichts begreift? Der Mensch mag einer erbärmlichen Gattung von Feiglingen angehören, aber der Einzelne kann trotzdem liebenswert sein. Eine Rührung weht mich an, kaum zu klären, woher sie kommt. Elisabeth glich in meinen Augen einer geheimen Königin, einer germanischen oder frühchristlichen Fürstin in ihrer strengen Schönheit. Sie erinnerte mich auch an eine meiner literarischen Lieblingsfiguren, an die schöne Judith in Gottfried Kellers „Grünem Heinrich" (sie schmückte, heißt es im Roman, „ein schweres dunkles, fast nicht zu bewältigendes Haar"). Etwas Ernstes, ja Tragisches, ein Leuchten umgab sie, die von einer übermäßig strengen Mutter auf dem Obersalzberg, in Martin Bormanns und Adolf Hitlers Nähe, gleichsam unter den Nibelungen geboren wurde und aufwuchs. Jeder musste sie achten, sie zumindest respektieren, auch weil sie so aufrecht und einsatzfreudig war und ständig für sich, für die Familie, aber auch für andere am Werken.

Genau genommen schreibe ich hier ja weniger über Elisabeth und mich als über zwei einander eher fremde Personen, die sich in meiner Erinnerung schrittweise aufeinander zu und wieder voneinander wegbewegen, es ist eine Art Wellenbewegung der Gefühle, ein Findungs- und Ablösungsprozess, aber so, dass ein Kern der Bindung fortbesteht, der sich nicht aufkündigen lässt. Wir, ich und die Kinder, sind Mitgefangene in der Demenz, sie ist zu unserer gemeinsamen Lebensgrundlage geworden. Wir sind auch eines der seltenen Paare aus der Zeit der Revolte von 1968, die zusammengeblieben sind durch all die Jahre des grauen Alltags und der Kleinkrämerei, durch all die Verluste und Niederlagen, die folgten. Über die beiden Figuren und ihre Bezüge weiß ich nicht so gut Bescheid, wie man aufgrund ihrer lang anhaltenden Beziehung annehmen könnte, bin also genötigt, mir einen Teil ihrer Gedanken und Gefühle auch auszudenken, auszumalen, mir ihre ursprüngliche Gemeinsamkeit vorzustellen, mir ihre Wege in der Jugend und ihre Umwege im Alter zu erfinden, auch andere helfende, beratende Personen einzufügen, erwachsene Kinder, Enkel und nahe Freunde. Erinnerung ist ohne Fantasie nicht möglich. Ich sehe uns jedenfalls vor mir in unserer Körperlichkeit und frischen Jugend, in unserer geistigen Entwicklung, in unserer jüngsten Zerrüttung, wie wir uns immer deutlicher unserem Ende zu bewegen, dem Grab auf einem badischen Dorffriedhof langsam entgegen, das schon länger auf uns wartet und auf dessen Grabstein bereits seit Jahren unsere Namen eingraviert sind.

Ich ahnte schon immer, dass ich länger leben würde als manche in meinem Umfeld und dass mir, dem zurückgebliebenen Kind und Spätentwickler, auch eine verlängerte Kindheit und Jugend und ein verzögertes Altern zugestanden sein könnten. Ich durfte mir also Zeit lassen beim Aufzeichnen unserer Geschichte und konnte meine Gedanken in kreativer Unruhe ordnen. Anders ist es schwer verständlich, dass ich erst mit dreißig einen in der literarischen Öffentlichkeit Eindruck machenden Prosatext im legendären „Kursbuch 15" unterbrachte und sogar vierzig war, als mein erster Gedichtband mit dem damals alle Fortschrittsfreunde irritierenden Titel „Nichts soll sich ändern" erschien. Meine Zeit würde schon noch kommen, dachte ich manchmal, mich aufmunternd, ich müsste nur abwarten, zäh, ja hart sein und durchhalten, während die jungen Genies schnell verblühten und vertrocknet am Wegrand zurückblieben. So habe ich die für mich schwierigen Fünfziger- und Sechzigerjahre überstanden mit ihren Erstarrungen, Hierarchien, persönlichen Rückschlägen und Depressionen, indem ich verstärkt an mir selbst arbeitete und ständig nach der Verbesserung meiner Kenntnisse trachtete. Und ich bin auch, je älter und geduldiger ich wurde, immer produktiver geworden, habe ohne Qualitätsverlust schneller gearbeitet und ohne tiefere Skrupel weitergeschrieben.

Und weshalb schreibe ich, dem Sprachrhythmus folgend, Text um Text und Satz um Satz noch immer so fort – aus innerem Zwang heraus, aus Notwendigkeit oder aus Gewohnheit, weil ich nicht weiß, was ich sonst tun sollte? Eher aus Freude darüber, dass sich Sätze, Bilder und Gedanken weiterhin einstellen, fast wie von selbst einfinden und sogar reicher und nachhaltiger erscheinen, als das früher bei mir der Fall war? Es begleitet mich Hölderlins dunkler Schatten durch Heidelbergs Topografie und Stefan Georges Geheimes Deutschland, Adalbert Stifter und Gottfried Keller stellen sich ein, auch Trakl, Kafka, Robert Walser und andere Fußgänger, Samuel Beckett natürlich, zuletzt Thomas Bernhard („Das Kalkwerk") und W. G. Sebald („Austerlitz"), lauter Wahlverwandte – was hätte ich ohne sie angefangen in diesen kruden Sandverwehungen? Hätte ich ohne ihr Leben und Schreiben, ihren dauernden Widerstand gegen die sogenannte Normalität, einen einzigen gelungenen Satz zu Papier gebracht? Ich hätte vermutlich früh aufgegeben, nicht durchgehalten gegenüber dem von allen Seiten anfallenden Unheil, der Leere und der Einsamkeit.

Vor etlichen Wochen suchte ich das Christinenstift in Baden-Baden auf, ein Pflegeheim, in dem meine an Knochenkrebs leidende Halbschwester untergebracht wurde, weil es sonst nirgendwo in der wohlhabenden Stadt, in der sie immer gelebt hatte, einen für kurze Zeit sicheren Platz für sie gab, nur diesen tristen, nach Mittagessen, Mottentod und Waschpulver riechenden Ort, in den aufgenommen worden zu sein die Schwester, da sie nur unzureichend krankenversichert war, noch dankbar sein musste. Sie lag, als ich das Zimmer betrat, dürr und ausgezehrt auf der Seite, von der Tür weg- und dem Fenster zugekehrt, hielt die Augen scheinbar geschlossen, nahm jedoch alles wahr, was um sie her und vor dem Fenster im winterlichen Garten geschah; sah die erstarrten Amseln in den Zweigen und die bereiften Maulwurfshügel im Rosenbeet. Ihr Körper schien gewichtlos zu sein, durchsichtig, wachsartig, in Auflösung begriffen. Sie, die einst so schön und elegant war und privilegiert in den holzgetäfelten Räumen eines Schwarzwaldhauses oberhalb der Lichtentaler Allee zusammen mit einem österreichischen Komponisten gelebt hatte, trug nun ein graues Arme-Leute-Nachthemd, aus dem ihre spitzen Schultern hervorragten, ihre Haare waren kurz geschnitten, glanzlos, wie gestutzt. Sie sprach sehr leise und undeutlich, mit einem spürbaren Unwillen einzelne Wörter ausstoßend und zugleich wieder verschluckend. Und mir wurde schnell klar: Sie wollte keinen Besuch mehr haben, wollte auch kein Gespräch über was auch immer führen, wollte keine Fragen über den Stand ihrer Krankheit nach Ansicht der Ärzte beantworten. Sie wollte nichts von Sterben und Tod hören und vor allem: Sie wollte nicht, dass *ich* sie so in ihrem Elend sehe; dass ausgerechnet *ich* als Bruder und Schriftsteller ihrem langsamen Verenden ganz aus der Nähe zusehe.

Ob ich ihr etwas vorlesen soll, frage ich, vielleicht ein Eichendorff-Gedicht? Schweigen. Ob sie starke Schmerzen habe? Keine Antwort. Doch plötzlich will sie nichts als raus aus dem Bett, sie strampelt heftig, zerrt am Leintuch, ich soll ihr helfen, sofort, sie will aufstehen und raus aus dem Heim, wozu ihr aber die Kraft fehlt. Sie kann sich von selbst weder aufsetzen noch am sogenannten Galgen über ihrem Bett hochziehen und sinkt mit einer hilflosen Geste ins Kissen zurück. Fragt mit schwacher Stimme nach Jakob, dem Hund: Geht es ihm gut, wo mag er nur sein, der liebe? Nein, sie will keinen Bissen mehr essen, auch nichts von den Süßigkeiten, die sich auf dem Nachttisch stapeln, zu sich nehmen. Verunsichert – was habe ich hier zu suchen? – entschließe ich mich zu gehen. Streiche ihr zum Abschied über Stirn und Hände, ihr beschattetes verhärmtes erstarrtes, letztes Gesicht. Noch einmal fällt mir die Ähnlichkeit unserer Gesichtszüge auf, besonders die der Mund- und Kinnbildung. In Selbstgesprächen gehe ich zurück durch Park und Kurstadt, an der plätschernden schwarzen Oos, die sie liebte, den alten Hotelpalästen und Villen entlang zum Zug. Spät abends, gegen halb elf, kommt ein Anruf aus dem Heim: Meine Schwester sei vor einer halben Stunde gestorben.

Manchmal ist auch etwas Beruhigendes um das Altern. Mag man sich selbst noch für stark und leistungsfähig halten und deshalb den Anspruch erheben, überall mit dabei zu sein und weiter das große Wort zu führen – die so viel Jüngeren, die „Enkel", auf die es nun ankommt, nehmen einen nicht mehr recht ernst, sie übersehen einen einfach, schieben oder schubsen einen beiseite und schließen mit überlegenen Mienen die Tür. Das hat auch Vorteile. Man ist nicht mehr so gehetzt, schlummert am helllichten Tag, am Küchentisch sitzend, beim Radiohören einfach ein. Man hört Wagners subtiles „Lohengrin"-Vorspiel oder Schuberts „Winterreise" im Ohrensessel und schaut über das im Leben Geleistete hinweg, kann sich einbilden, es geschafft zu haben und so etwas wie ein „Werk" (bestehend aus Gedichten, Prosa, Essays, Reden, Tagebüchern, Briefen) zu hinterlassen, das sich vorzeigen lässt und das vielleicht auch, zumindest in Teilen, bleiben wird – welche Illusion eines zu diesem Zeitpunkt bereits Vergessenen! Einer, dessen Namen von allen Listen gestrichen, dessen Schreibtisch schon vor seinem Tod abgeräumt wurde und dessen Manuskripte im Müll landeten; einer, dessen Bücher nicht mehr verlegt und erst recht nicht mehr besprochen und folglich auch nicht mehr gelesen werden, einer, dessen Einsendungen von den Verlagslektoren nicht einmal mehr beantwortet werden. Einer, der im Literaturbetrieb keine Rolle mehr spielt und der auch in den Augen der nun den Ton Angebenden überflüssig ist, schon weil er die digitale wie zuvor die multikulturelle Zeitstimmung versäumt hat; einer, der das aktuell angesagte, politisch korrekte Denken und Schreiben nicht kennt (in vielen Fällen auch nicht mehr kennen will!), das scheinliberale Gesäusel der Kunstrichter verachtet und die Praktiken der jüngsten avancierten Literatur und Kunst nicht mehr recht begreift.

Die Trauer um nahe Freunde (und um die Mutter) hört nie auf. Alle, die ich einmal kannte und liebte, sollen im Schein der Küchenlampe wieder zusammenkommen.

Mein Jugendfreund Molli, mit dem ich mich Mitte der Sechzigerjahre nahezu jeden Abend, sobald er aus dem Architekturbüro nach Hause kam, in einen hermetischen Raum zurückzog und mit einer mir heute seltsam vorkommenden Besessenheit stundenlang über Philosophie, Architektur, Poesie, über die reine, die wahre, die absolute Kunst debattiert habe, über Nietzsche, Heidegger, Wittgenstein, Le Corbusier, über Proust, Joyce, Beckett und die Chancen einer den Alltagstrott aufsprengenden, radikal freien, weit offenen Ästhetik, einer gewaltig kreisenden Sprach- und Formbewegung, die auch unser Leben mitreißend verändern würde – dieser Ur-Freund also, mit dem ich ausdauernd unwirkliche Reden und schroffe Urteile bis zur Erschöpfung wechselte, hat vor ein paar Jahren durch einen Schlaganfall all das eingebüßt, was ihn früher, jenseits des puren Wissens, so besonders erscheinen ließ … die heitere Gelassenheit und die ferne Kälte im Gespräch, den Hochmut, die ironische Überlegenheitsgestik, die ihn unangreifbar, zumindest durch mich unbesiegbar machte, den strengen Blick, mit dem er jede Kritik an seinen hybriden Entwürfen erstickte und den Kritiker selbst zum armseligen Kopf-Langer und Schubladen-Menschen degradierte, der im Grunde der Kunst unwürdig sei, der in diesen Geist-Räumen störe und demnächst ausgesondert werde. Er hat die Sprache weitgehend verloren und mich allein gelassen, er ist wehrlos geworden, seine Bewegungen sind eingeschränkt, ohne jeden Anspruch auf die einstige Dominanz, und ich musste ihn im Lauf der Jahre hinter mir lassen, ich habe mich selbstständig gemacht, ich habe mir Notizen gemacht und gleichsam hinter seinem Rücken, mit einem Teil seiner Ideen, eine sogenannte literarische Karriere gestartet, während er nun wie ein hilfloser Knabe wirkt, der nach seiner Mutter Ausschau hält. Wie Elisabeth ist auch er nicht mehr derselbe, den ich kannte, er scheint durch das, was ihm passiert ist, zutiefst verunsichert und verletzt zu sein, die Todesangst ist ihm ins Gesicht geschrieben. Seinen angestammten Platz im Mittelpunkt des Architekturbüros, der Familie und des Freundeskreises musste er jedenfalls räumen und ist auf ständige Hilfe und vor allem weibliche Zuwendung angewiesen.

> „Wir sind emporgewachsen über die Mitte des Lebens, wo es grünt und warm ist. Aber es ist nicht das Schlimmste, das die Jugend überlebt."
> (Friedrich Hölderlin, „Hyperion")

II. Aus meinen Aufzeichnungen, soweit sie Elisabeths Krankheit betreffen

Und was bedeutet ein Mensch, der / keine / Erinnerung hat.

(Guntram Vesper)

Ich muss versuchen, die alles grau einfärbende Trauer einzudämmen und wenigstens für ein paar Stunden nur den Wörtern zu folgen, um die wahren, darunter auch die positiven Bilder (zum Beispiel von Elisabeth) wiederzufinden und festzuhalten.

Ich kann mich nicht länger um die krude Wahrheit drücken, muss vielmehr eingestehen: Die Lage im Haus erscheint uns allen bedrohlich, die familiären Beziehungen sind, vorsichtig formuliert, brüchig, die Aussichten eher trüb. Ich muss mir klarmachen, wann und wie alles begonnen hat, unbemerkt anfangs und schleichend wohl schon vor vielen Jahren mit Unkonzentriertheit, Reizbarkeit, Vergesslichkeit, kleinen Aussetzern, etwa indem sie mitten in einem Gespräch abrupt, ohne eine Erklärung den Raum verließ, um etwas ganz anderes zu tun. Ihre scheinbaren Launen, ihre Hektik, ständiges Kopfweh; dadurch bedingt die Gefahr, die Eisenbahn, den Bummelzug, das gebuchte Ferienschiff zu verpassen. Hätte ich Elisabeths Verwandlung nicht deutlich früher erkennen können, hätte ich nicht schon die ersten Anzeichen ernst nehmen müssen? Als sie beispielsweise in den Siebzigern in ihrer Schule, bepackt mit Klassenarbeiten, in eine geschlossene Glastür rannte, die zerbrach. Oder als sie Ende der Achtzigerjahre in so schlechter Verfassung war, dass sie öfter ein Ladengeschäft oder eine Wohnung nicht mehr fand, Gegenstände fallen ließ und einmal sogar ohnmächtig vom Stuhl fiel ... Spätestens aber um das Jahr 2005, als ich ihr mehrmals erläutern musste, wie man die an unserem Haus vorbeiführende Treppe zu stabilisieren und erneuern gedachte, und sie mich partout nicht verstand. „Schreib es mir auf, oder zeichne es auf", sagte sie schließlich, „dann kann ich es mir vielleicht besser merken."

Im August 2006 fuhren wir dann mit dem Schnellboot von Neapel zur Insel Capri. Vor Ort selbst herrschte ein flirrendes Menschengewimmel, in dem man sich leicht verlieren konnte. Elisabeth verschwand in einem Laden, um Postkarten oder Briefmarken zu kaufen, während ich seitlich auf einem Mauervorsprung wartete – umsonst, denn sie tauchte nicht wieder auf. In den engen Gassen Capris suchte ich sie lange vergeblich. Getrennt fuhren wir Stunden später nach Neapel zurück, und sie machte mir in einem düsteren Hotelzimmer in der Via Speranzella die heftigsten Vorwürfe: Ich hatte, als Egozentriker, nur meine eigenen Wege im Kopf gehabt und sie vorsätzlich in der Fremde verlassen. Ich hätte sie loswerden wollen, um die Villa Malaparte und die Villa Jovis allein aufzusuchen und so weiter. Heute vermute ich, sie hatte, als sie verunsichert aus dem Laden trat, jede Orientierung verloren und strebte von mir weg in die falsche Richtung.

Direkt aufgefallen (und seither auch nicht mehr wegzudrängen) ist uns ihre Erkrankung zuerst im vergangenen Sommer in unserem südfranzösischen Ferienort St. Quentin, als Elisabeth in kurzem Abstand immer wieder dieselben Fragen stellte und im struppigen Gras des weiten Geländes ständig nach verlorenen oder von ihr verlegten oder vom Mistral verwehten Gegenständen, ihrer randlosen Brille, ihrer Tasche, einem Buch, einer Zeitungsseite suchte und alle zur Mithilfe nötigte. Es ist bezeichnend, dass Elisabeths seltsames Verhalten zuerst unseren Kindern und nahen Freunden auffiel und von ihnen auch artikuliert wurde, bevor ich es mir eingestand. Wenn ich mir meine Aufzeichnungen der vergangenen Jahre anschaue, wird offenbar, dass ich durchaus etwas gespürt, eine unterschwellig drohende Veränderung wahrgenommen habe, die ich nur schreibend, durch innere Widerstände hindurch, mir eingestehen konnte. Von „verarbeiten" will ich nicht sprechen. Nur schwer zu erzählen ist, was da vor meinen Augen geschah (und täglich weiter geschieht), dieser Um- und Abbau des Geistes, diese fortschreitende Zerstörung eines Gehirns, diese Vernichtung einer Person (nicht auch ihrer Gefühle?). Sie scheint nur in kleinsten Einheiten erfassbar, Notizen aus einer den meisten, auch mir bisher fremden Welt, in knappe Stücke gebrochen. Ich- und Er-Perspektive wechseln dabei schroff. Ich muss die Ereignisse Tag für Tag aufschreiben, mir keine Kleinigkeit entgehen lassen. Nicht nur Elisabeth und ich, auch die Räume und Gegenstände, die uns umgeben, Farben, Geräusche, Tonfolgen sind dabei, sich zu verändern, alt und schal zu werden: Auge, Gehör; das Haus und die Straße davor, der Garten, die Zimmerwände. Etwas Fremdes hat sich bei mir eingenistet, sich in mir festgesetzt, etwas bislang Unbekanntes hat sich zwischen uns eingeschlichen und versucht, sich breitzumachen und will nicht weichen.

Ein mir bislang unvertrautes Leben und Leiden, ja „die leidende Existenz", könnte man etwas hochtrabend sagen, hat mich in Elisabeths verwandelter Gestalt plötzlich angesprochen, eher angefallen, überfallen, angesprungen, und ich habe gewankt und bin umgestürzt. Aber ich bin wieder aufgestanden und habe versucht zu begreifen, was da vor meinen Augen geschieht, habe das Unvorhergesehene und eigentlich ganz Unbegreifliche, anfangs widerwillig, angenommen, als eine Art Lebensversuch, auch weil mir nichts anderes übrig blieb und einer schließlich den Überblick bewahren musste. Freilich hat es mich auch „bereichert" (darf man das so sagen?) und stärker gemacht, indem es mir ein paar bislang unbekannte Eigenschaften, seelische Schlupfwinkel und Abgründe gezeigt und mich ein Stück weit aufmerksamer, selbstständiger, zupackender gemacht hat.

11. März 2008
Elisabeth wirkt auf mich in zunehmendem Maß depressiv. Seit ihrer Pensionierung, also seit etwa drei Jahren, hat sie die Arbeit an ihrer kaum zur Hälfte wirklich fertiggestellten, sehr verzweigt und kompliziert angelegten Studie über die Geschichte der Heidelberger Germanistik, der nun ihre ganze Energie zukommen sollte, nicht wieder aufgenommen. Wenn ich vorsichtig alle paar Wochen nach dem Fortgang ihrer Forschungen frage, wendet sie sich jäh ab, bemerkt allenfalls lapidar, ohne mich anzuschauen: „Kein Selbstbewusstsein", manchmal auch: „Burnout". Es sei ihr alles zu schwer, und sie müsse sich ausruhen.

12. Juni 2008
Leben wir in einer bereits bei August Strindberg vorgezeichneten „Ehe-Hölle"? Schon der geringste Anlass führt zu einem von beiden ebenso erbittert wie lautstark ausgefochtenen Streitgespräch. Eine vorlaute Bemerkung von mir oder eine von ihr falsch verstandene Frage, eine kleine Arbeits-Verweigerung ge-

nügen, Elisabeth extrem zu erregen. Gestern verlangte sie von mir, während ich im Fernsehen ein Fußballspiel ansah, unvermittelt die Abseitsregeln erklärt zu bekommen, die ich ihr schon öfter vergeblich darzulegen versucht habe. Ich sagte ihr also, relativ ruhigen Tons, sie müsse nur aufmerksam das gerade laufende Spiel verfolgen, statt mich zu stören. Allein durch engagiertes Zuschauen und Teilnahme könne man so komplizierte, ständig umstrittene Spielregeln verstehen. Sie wurde wütend, trug Papier und Bleistift herbei und verlangte, ich solle ihr *sofort* alles Wichtige aufzeichnen. Da ich nicht reagierte, sondern weiter das Spielgeschehen verfolgte, schaltete sie mir mehrmals das Gerät aus, worüber ich mich extrem erregte, obwohl ich eigentlich hätte dankbar sein müssen, so dem Dummgeschwätz der Sportreporter zu entkommen.

30. Juli 2008
Elisabeth bestürmt mich, während ich am Schreibtisch arbeite, mit angeblich enorm wichtigen Aufträgen: Ich soll *sogleich* die Gartenmauer mit dem Hochdruckreiniger absprühen, soll die Treppe zur Terrasse von Moos, die Lavendelblüten von Kürbistrieben befreien, soll nicht hier im Schatten, sondern dort in der Sonne Platz nehmen, weil sie den Schatten zum Arbeiten benötige. Als ich mich nicht vom Fleck rühre, schreit sie grell „Sadist!". In der Nacht stürmt sie alle paar Minuten vor meine – inzwischen verriegelte – Zimmertür. Sie habe mich noch nie so sehr gehasst wie jetzt, kreischt sie im Flur, ich sei am Scheitern ihrer wissenschaftlichen Arbeit ebenso schuld wie „das verfluchte Haus", das sie selbst vor Jahren wegen seiner ruhigen Lage am Waldrand ausgesucht hat, das Haus, das wir erst zusammen res-

tauriert und bewohnbar gemacht haben und in dem wir nun seit bald dreißig Jahren, weitgehend geschützt vor störenden Geräuschen, leben und arbeiten. Beide, das Haus wie der Garten, seien ihr Unglück, schreit sie im Flur mit sich überschlagender Stimme, und ich sei ein ganz erbärmlicher Egoist, würde immer nur an *meine* Projekte, *meine* Arbeiten, *meine* Bücher denken. Für andere Menschen und deren Gefühle interessierte ich mich keinen Augenblick, für Haus und Garten ebenso wenig, obwohl ich ständig das Gegenteil behaupte, das sei die Wahrheit ...
Einmal, mitten in der Nacht, gegen halb eins, ich bin gerade eingenickt, erwache ich von wildem Rütteln an der Türklinke, von derben Fußtritten gegen das Holz und verzweifelten Schreien: „Kerkermeister!" Etwas Archaisches, so noch nie Gehörtes, etwas Furchterregendes geht davon aus, ein fernes Grollen und Raubtier-Knurren aus der Tiefe der Nacht und des Raums. Jetzt hat sie vollkommen durchgedreht, denke ich und stehe frierend im Zimmer, mit leicht zitterndem Unterkiefer, kein Zweifel. Sie ist verrückt geworden! Sie verharrt dicht vor meiner Tür, die ich kurz öffne und gleich wieder schließe, mit geballten Fäusten und vom Hass verzerrten Zügen, wie ich sie noch nie gesehen habe, steht sie da, eine potenzielle Gewalttäterin, die Angst auslöst. Etwas so Krasses wirst du nie wieder erleben ...

3. August 2008
Sie bekommt keine Ordnung mehr in ihr Zimmer, in den Kühlschrank; in ihre Gedanken und verschlungenen Lebenswege schon gar nicht. Kleidungsstücke, Papiere und Bücher sind über den Fußboden und die Möbel verstreut. Ihr von Manuskripten überladener Schreibtisch ist zum Arbeiten nicht mehr benutzbar,

und das Chaos zeugt sich nach allen Seiten im Haus fort. Plötzlich erscheinen mir manche in letzter Zeit spurlos verschwundene Dinge in einem anderen Licht: Schreibwerkzeuge und Briefe, Geldbörsen, Schmuckstücke, Taschenlampen, Hausschlüssel, die doppelt oder gar nicht bezahlten Rechnungen, auch das zu reichlich eingekaufte und dann verdorbene Essen ... Was geht hier vor sich? Und was hat es zu bedeuten, dass Elisabeth ständig schwitzt, dass ihre Haut juckt, ihr Kopf schmerzt, dass sie im Bett laut jammert und nicht einschlafen kann?

Als ich heute Morgen das Badezimmer betreten wollte, stand der hellblau gekachelte Boden unter Wasser und glitzerte verdächtig. Elisabeth muss, aus welchem Grund auch immer, den Wasserhahn über dem Waschbecken voll aufgedreht haben, bevor sie in ihr Zimmer verschwand. Das Wasser war die Nacht über in das Becken geströmt und schon bald über den Beckenrand gelaufen. In sämtlichen Räumen des Untergeschosses brannte das Licht wie bei einer Schwimmbad-Inszenierung.

17. August 2008

Die Fremdheit zwischen uns wächst stetig, die bösen und kränkenden Worte nehmen zu. „Du kriegst keinen mehr hoch, *das* ist dein Problem!", behauptete sie kürzlich ohne jeden Anlass und mit ungewohnter Schroffheit. Sie wähnte sich von mir bespitzelt: „Habe ich nicht mal hier oben unterm Dach meine Ruhe vor dir?"

Stummer Kummer. Finstere Volieren im alten Tierpark, in deren Ecken bunte Fasane verkümmern. Sie hinken, sind schwächlich und blind. In einem viel zu niedrigen Käfig ein verrückt gewordener, ständig gebückt im Kreis gehender Bär mit stierem Blick.

15. September 2008
Elisabeth reagiert geschockt, als wir (die beiden erwachsenen Kinder und ich) ihr vorschlagen, wegen der letzten krassen Ausfälle einen Neurologen aufzusuchen, der ihre Hirnströme messen soll. Sie ist verzweifelt, sie ist hilflos, sie weint. Wir würden sie nun verachten und nicht mehr ernst nehmen, klagt sie. Wir hätten ihr unseren Verdacht viel früher mitteilen sollen, oder besser: gar nicht. Eine erste Untersuchung in der Neurologischen Klinik, bestehend aus MRT, Blutabnahme, Zeichentests, Liquorpunktion und Rechenaufgaben, bricht sie mittendrin ab und weiß schon kurz danach den Grund nicht mehr, oder sie will ihn nicht wissen. Hat sie wirklich nur „wegen Husten" das Weite gesucht? „Was du mir da eingebrockt hast!", sagt sie vorwurfsvoll, mit harter Stimme zu mir.

19. Oktober 2008
Erste neurologische Befunde sind eingetroffen. Von „affektiv bedingten kognitiven Leistungseinbußen" ist dort die Rede. Eine „leichte kognitive Störung" sei nicht auszuschließen, aber es gebe „keine Hinweise auf eine demenzielle Entwicklung" zum gegenwärtigen Zeitpunkt. Das klingt für unsere Ohren eher entwarnend und fast beruhigend. Doch Elisabeth wehrt jede Art von psychischer Krankheit rigoros ab, sie will nichts davon hören. Auch die zurückhaltend formulierte Diagnose der Neurologen akzeptiert sie nicht, so als vermute sie etwas anderes, weit Schlimmeres dahinter, das noch auf sie zu zukommen könnte. Sie ist ganz außer Fassung und in ständiger Bewegung, lässt mich nicht einschlafen oder lesen. Um halb vier in der Frühe kriecht sie zu mir ins Bett, sie zittert, scharrt mit den Fußnägeln am

Leintuch, eine grausige Musik. Bange, lastende Stimmung. Was immer ich sage und tue, ist falsch, ist unpassend, liegt jedenfalls in ihren Augen daneben.

2. November 2008
Elisabeth ist anhaltend depressiv und arbeitsunfähig, von Angst besetzt und ohne jeden Antrieb, jede Kraft, sich zu wehren gegen das, was sie inwendig bedroht. Die Schuld an ihrem kläglichen Zustand gibt sie vor allem mir, dem ständig Anwesenden und für sie einzig Greifbaren. Sie traut sich nicht mehr nach draußen, scheut den Kontakt mit Menschen, selbst mit alten Freunden. Die ihr gegen Depression verschriebenen Tabletten weigert sie sich zu schlucken und wischt sie schroff beiseite. Vorhin hat sie behauptet, ich hätte, um sie zu verunsichern, den Briefkastenschlüssel versteckt. Dabei war sie es, die ihn verloren hat.

4. Februar 2009
Ich spüre, etwas in meiner Nähe verändert sich schleichend. Elisabeth versucht, ihre Wege im Haus und ihr Tun oder besser Nichtstun gegen mich abzuschirmen, wohl damit ich ihre Fehlleistungen nicht bemerke. Zu meinem Erschrecken erzählte sie heute, sie habe geträumt, nicht mehr nach Hause zurückzufinden, sich in den Gassen der Altstadt zu verlaufen und am Flussufer, nah am Wasser, auf einer Bank eingeschlafen zu sein, während das Wasser in Bewegung geriet und anstieg, bis es ihre Füße, dann ihre Hüfte umspülte. Kürzlich irrte sie durch den Stadtteil Handschuhsheim, wie fast immer stark verspätet, um ihren Enkel Jakob vom Kindergarten abzuholen, und konnte das Haus in der Kriegsstraße, welches sie schon öfter aufgesucht hat-

te, nicht finden. Musste fremde Leute nach dem Weg fragen. So häufen sich Ausfälle wie Konflikte. Immer wenn Elisabeth sich von mir bei einer Unachtsamkeit, einem Versehen, Vergessen ertappt fühlt, schreit sie mich „du Sadist!" an, manchmal auch „du Frauenfeind!".

20. April 2009
Diese Unordnung, diese sich steigernde Unruhe, und dazwischen die immer gleichen, schrillen Vorwürfe. An Schlaf ist an solchen Tagen, in solchen Wochen kaum zu denken. Elisabeth, die so konfus umherhuscht, braucht dringend professionelle Hilfe. Das sei die nackte, traurige Wahrheit, sage ich ziemlich hart zu ihr. Ich fühle mich jedenfalls klar überfordert. Bin auch zutiefst erschrocken, als mir klar wird: Sie liest tatsächlich keine Bücher, keine Zeitungen mehr, schaut höchstens kurz hinein, um sie dann beiseitezulegen. Sie kann sich offenbar nicht mehr auf bedrucktes Papier konzentrieren, die Zellen scheinen ihr zu verschwimmen. Ob sie auch dabei ist, die Technik des Lesens wie die des Rechnens zu verlernen? Früher haben wir uns um einzelne Zeitungsseiten, besonders um das Feuilleton der FAZ, gestritten, fast gerauft. Jeder von uns wollte der erste Leser sein. Wir haben uns auch Artikel vorgelesen. Nun habe ich die Zeitung ganz für mich.
Anne, unsere Hausärztin, bemerkt nüchtern, es sei eben „ein psychoorganischer Prozess", dem Elisabeth unterliege, eine von außen kaum zu beeinflussende „hirnorganische Entwicklung", die notwendig zur Einseitigkeit und letztlich zur Erstarrung und „Versandung" führe. Besonders das Wort „Versandung" klingt so unheimlich, es macht mir Angst. Ich stelle mir den Vorgang

bildlich vor, höre das Rieseln, das Knirschen des Sandes, male mir aus, wie Elisabeth ganz langsam in einem Sandhügel versinkt, wobei ich Samuel Becketts Zweiakter „Glückliche Tage" vor Augen habe. Elisabeth reagiert auf die unverstellten Worte der Ärztin verschreckt, stöhnend und sich windend, mit Tränen und völliger Ratlosigkeit; abweisend. Sie will nur hören, dass sie „eigentlich nichts" hat, dass sie gesund ist; ein wenig „Burnout" vielleicht, das bald vorübergeht, vielleicht eine kleine Depression. Und sie will auf keinen Fall eine Kurklinik aufsuchen, wie es ihr die Ärztin vorschlägt, ja dringend nahelegt.

Zu Hause angekommen, flieht sie sofort in ihr Zimmer und schließt die Tür hinter sich. Ich höre sie weinen, ein sich wiederholendes, tiefes Schluchzen und Stöhnen, und kehre mich hilflos ab. Schon länger kocht sie nicht mehr, rührt keine Hand in Haus und Garten. Das Essen würde, wenn ich nicht eingriffe, unbeachtet im Kühlschrank verderben. Jede Handlung überfordert sie, jeder Weg ist zu weit, zu schwer und eine Zumutung. Sie fragt mich zweimal kurz hintereinander, wo denn die Häusserstraße sei, über die wir seit Jahren zu unseren Kindern radeln. Ständig ruft sie bei unserer Tochter und einigen Freundinnen an und stellt wirre Fragen. Notiert sich Wörter und Sätze auf Papierfetzen, die sie auf dem Küchentisch liegen lässt, wohl um sich ihrer zu erinnern und sie sich einzuprägen. Beachtet die Zettel aber nicht weiter, studiert sie nicht. Behauptet stereotyp, mit einem kurzen Auflachen, ihr fehle „fast nichts".

2. Juni 2009

Über Pfingsten wohnt ein befreundetes Ehepaar, Naturwissenschaftler aus München, Marion und Thomas, bei uns. Elisabeth, die die beiden, besonders Marion, sehr mag, scheint aufzublühen. Sie öffnet die Fenster, wäscht die Vorhänge, was schon lange nicht mehr geschehen ist, macht Ordnung im Haus, zieht sich hübsch an, kauft (zu viel) Essen ein, kocht sogar wohlschmeckenden Lammbraten mit Bohnen. Wir starten zu einem gemeinsamen Pfingstausflug in das junge Grün der Wälder. Doch kaum sind die Freunde abgereist, stellt sich der vorige depressive Zustand wieder ein.

12. Juni 2009
Ich begleite Elisabeth zur Sprechstunde in die Psychiatrische Klinik. Noch etwas glatter, noch kühler, noch routinierter als unsere Hausärztin, mit ruhiger Radio-Stimme, doch mit ähnlichen Worten, spricht Frau Dr. Maus, die diensthabende Oberärztin, von einer „demenziellen Erkrankung", die bedauerlicherweise noch nicht heilbar, auch kaum aufhaltbar, aber doch zu verzögern sei. „Über die Ursachen wissen wir leider immer noch nichts", sagt Frau Dr. Maus entschuldigend und legt Elisabeth nahe, doch „vernünftig" zu sein, die Medikamente nicht abzusetzen und – auch wenn es ihr schwerfalle – die Krankheit anzunehmen. „Lernen Sie, mit ihr zu leben."
Die aber will nicht „mit der Krankheit leben lernen", sie akzeptiert die Krankheit nicht, sie will auch die verordneten Medikamente gegen Demenz, etwa Exelon, denen sie ebenso wie den sie verschreibenden Ärzten zutiefst misstraut, nicht zu sich nehmen. Weshalb sollte sie ein obendrein so teures „Heilmittel" einnehmen, sagt sie, von dem jeder weiß, dass es nicht heilt, vermutlich die Krankheit nicht einmal erkennbar aufhält, aber schädliche

und einschläfernde Nebenwirkungen hat? Auf die betont kühle Diagnose der Psychiaterin reagiert sie mit Panik, Tränen und Schlaflosigkeit. Sie wälzt sich im Bett, sie schwitzt, ihre Haut juckt ständig. Sie würde sich am liebsten umbringen, schreit sie, jetzt sofort aus dem Fenster stürzen, oder besser von der höchsten Brücke herab, oder gleich unter den fahrenden Zug. „Ich habe keine Perspektive mehr." Die Verzweiflung scheint zuzunehmen. Sie hat zu nichts mehr Lust: gutes Essen, Zeitunglesen, Sport, Kino, Spazierengehen, Musikhören ... alles egal. Sie fürchtet die Blicke der fremden Menschen auf der Straße, während sie den Weg dicht an den Hausfassaden entlang wählt. Sie verkriecht sich im Dachzimmer unter Decken. „Und bloß keine sogenannten guten Ratschläge!"

Früher waren wir uns darin einig, dass einer dem anderen beim Sterben behilflich sein würde, wenn dessen Leben, von Krebs, Parkinson, Demenz oder was auch immer untergraben, ihm nicht mehr lebenswert erscheinen und zur Qual geworden sein sollte. Der jäh vorgetragene Wunsch zu sterben, auf der Stelle tot zu sein, erstickt, erschlagen, ein Aufschrei, den Elisabeth in diesen Tagen und Wochen öfter ausstieß („Ich will keine debile, schlecht riechende Alte werden!"), löste sich jedoch bald auf. Er ging mit fortschreitender Krankheit verloren in dem Maß, in dem alles Planen, alles aktive und prospektive Denken verschwand und der kreatürliche Lebenswillen überwog.

> „Es lohnt nicht die Mühe, sich zu töten, denn man tötet sich immer zu spät" (so Emil Cioran).

Auch Cioran selbst, der elitäre, radikal negative Denker und bittere Aphoristiker, hat den rechten Zeitpunkt, sein Leben zu beenden, verpasst. Er starb 1995, schwer dement, im Rollstuhl und nicht mehr ansprechbar, in einem Pariser Pflegeheim.

3. Juli 2009
Gestern, am Todestag meiner Mutter, den ich nie vergesse, war ich, wie in jedem Jahr, in mich gekehrt, und auch Elisabeth gab sich fast wie früher. Sie war ruhig, zeitweise sogar heiter, als wollte sie mich schonen oder mir sogar eine Freude bereiten. Doch inzwischen ist der verworrene und verwirrende Zustand wieder da. Ohne sichtbaren Grund platzt sie nachts um halb zwei in meinen Schlaf. Sie schwitzt heftig, hat sich die Haut an den Beinen mit den Fingernägeln blutig gekratzt. Sie könne nicht schlafen, klagt sie und kriecht in mein Bett, Blutspuren auf dem Laken verteilend. Vermutlich fürchtet sie die für einen der nächsten Tage schon gebuchte Zugfahrt, eine lange Reise allein nach Sylt, nach Klappholttal, wo sie in einer bekannten reformpädagogischen Einrichtung, der „Akademie am Meer", ein Holzhäuschen angemietet hat. Von dort erhofft sie sich psychologische Hilfe und menschliche Zuwendung sowie eine Verbesserung ihrer Gesundheit. Als liebevoller Ehemann sollte ich sie begleiten, was angesichts ihrer Verstörung auch angebracht wäre, doch ich bin feig und drücke mich, ich verreise so ungern, und schon gar nicht mit ihr in diesem Zustand, und erst recht nicht ans nördliche, kühle, windreiche Meer ... Freue mich bereits seit Tagen auf eine lange vermisste produktive Ruhe, das Alleinsein im leeren Haus.

18. Juli 2009
Morgens um fünf ruft Elisabeth aus Sylt an, mit einem Ton in der Stimme, der gesteigerte Unruhe und Angst verrät. Sie klagt über Kopfweh und erbärmliches Hautjucken; sie könne nicht mehr schlafen, die Haut schäle sich. Das gemietete Häuschen liege etwas abseits von den übrigen, nah am Meer, sehr einsam im nördlichen Wind, und das Meer rausche, gurgle und flüstere bei Nacht so unheimlich. Besonders nach kulturellen Veranstaltungen, aber auch nach dem Abendessen habe sie ziemliche Schwierigkeiten, ihr Häuschen wiederzufinden, und benötige eine Begleitung. Es scheint ihr bewusst zu sein, dass sie sich auf ihren Kopf nicht mehr wie früher verlassen kann, dass er sie vielmehr im Stich lässt, wenn sie ihn braucht. Und sie ahnt zumindest, dass sie nie mehr geistig wird arbeiten können. Das ist ihr eigentliches Unglück, ihre *Lebenskatastrophe*, wenn man so will. Daher kommen die Depressionen wie das Hautjucken, will mir scheinen, auch die wiederholten Todeswünsche haben hier ihren Grund. Sie ziehen sich netzartig über ihr zusammen und löschen langsam bestimmte Teile des Gehirns, etwa die für Erinnerungen zuständigen Areale, einfach aus.
Eine Erholung auf der berühmten Ferieninsel ist so unmöglich. Überstürzter Abbruch der „Sommerfrische" (ehrwürdiges, schönes, fast verschwundenes Wort), vorzeitige Rückkehr aus Sylt. Zwar entstehen Schwierigkeiten während der langen Zugfahrt, etwa beim Umsteigen in Hamburg, doch sie hält Koffer und Taschen beisammen!

23. Juli 2009
Für ein, zwei Tage scheint es Elisabeth besser zu gehen, sie wirkt einigermaßen erholt, sogar ein wenig froh darüber, wieder zu Hause zu sein, doch bald ist das fatale Chaos wieder da. Sie leidet an Kopfschmerzen, schläft bis in den Mittag hinein (würde ich sie nicht aufwecken, noch länger). Nachts irrt sie durch das Treppenhaus, isst wie ein Tier alles, was ihr in der Küche in die Hände fällt, stopft es sich hastig in den Mund. Sie isst immer wieder, weil sie vergisst, dass sie bereits gegessen hat. Sie räumt das Gefrierfach des Kühlschranks leer, stapelt die Alu-Packungen zu einem Turm. Wer soll die vielen aufgetauten Speisen in ihren schlaffen Tiefkühlbeuteln nun essen, Hasenbraten, Rehragout? Ich muss fast alle wegwerfen. Ja, das schwüle Juliwetter sei an ihrem matten Zustand schuld, behauptet sie. Unklar, ob sie damit auf die Substanz der Beutel oder auf ihre eigene Verfassung anspielt.
Abends ein Anruf aus der Stadt: Ich müsse sofort kommen, sie könne ihr am Bismarckplatz abgestelltes Fahrrad nicht mehr finden.

26. Juli 2009
Zu meinem Erstaunen will Elisabeth mit mir vögeln, was schon sehr lange nicht mehr geschah. Ob sie das wirklich aus sexuellen Gründen verlangt, oder um sich als Person neu bestätigt zu finden, um mir und sich zu demonstrieren, dass sie auch körperlich noch etwas darstellt und begehrenswert und anwesend ist auf dieser Lebensbühne? Auf meine drängenden Fragen hin weiß sie nichts Rechtes zu sagen, sie will es auch nicht, schweigt. Sie weiß auch nicht mehr, ob sie ihre täglichen Tabletten schon zu sich ge-

nommen hat und in welcher Schublade sich die entsprechenden Schachteln befinden – verlegt oder versteckt oder bereits verbraucht? Möglicherweise weggeworfen? Elisabeth fühlt sich von mir beobachtet und unter Druck gesetzt, sie schreit: „Du bist schuld an meiner Krankheit, Spitzel, Sadist!" Ich hätte auch, so erklärt sie mehrfach, „ihr Lebenswerk vernichtet".

Den Termin bei der Psychiaterin möchte sie am liebsten verstreichen lassen. Was soll ich dort, fragt sie, die Frau sage doch immer das Gleiche. Ich nötige sie aus dem Bett und begleite sie mit dem Rad in die Klinik, da Elisabeth Schwierigkeiten hat, den Weg in das zentral gelegene alte Klinikviertel zu finden. Die Dosierung der Psychopharmaka sollte nach Ansicht der Ärztin ein wenig erhöht werden, mehr sei im Moment nicht zu tun. Ein bisschen dürftig als Rat einer Seelen-Expertin, finde ich, ein bisschen dürr als Ergebnis einer Sprechstunde, kaum hilfreich auch für die Angehörigen. Doch Substanzielleres ist nicht zu erfahren. Beim Heraustreten hat Elisabeth keine Ahnung mehr, was die Expertin gerade gesagt oder nicht gesagt hat und wo sie ihr Fahrrad abgestellt haben könnte. Fragt mich mehrfach nach dem heutigen Datum. Will dann umgehend nach Hause. Wie es ihrer schwangeren Tochter geht, scheint sie nicht zu interessieren. Auch die Enkel, die morgen für vier Wochen in die Ferien fahren, will sie vorher nicht mehr sehen. Schon seit einiger Zeit sucht und findet sie keinen Zugang mehr zum Leben der Anderen.

14. August 2009
Seit Wochen ist ausgemacht, dass wir heute Vormittag gegen 10 Uhr mit engen Freunden in deren Auto in das uns schon länger vertraute Ferienhaus nach St. Quentin in der Provence

starten. Doch Elisabeth kann sich, zumal unter Zeitdruck, nicht mehr auf das Koffer- und Taschenpacken konzentrieren. In ihrem Zimmer herrscht ein komplettes Durcheinander. So gut wie nichts ist, als die Freunde Uta und Klaus eintreffen, so weit geordnet, dass es ins Auto abtransportiert werden könnte, weder Gegenstände noch Kleidungsstücke. Natürlich hätte ich ihr rechtzeitig beim Packen beistehen müssen, doch sie wies mich jedes Mal schreiend aus dem Raum. Sie ist verzweifelt, sie weint, stöhnt laut, beklagt ihren „Hirnabbau", ihren „Geistesverlust". Und es wird deutlich: Sie kann nicht mehr verreisen, etwas, das sie früher so begeistert getan und sogar für andere mitorganisiert hat. Das Reisen war für sie damals eine Art Flucht aus der Enge ihrer Herkunftsfamilie in die sogenannte weite Welt und sogar eine Form der großen Freiheit. Zum Glück begreifen die Freunde, was geschehen ist, und helfen beim Packen mit. Wir starten mit zweieinhalb Stunden Verspätung und haben natürlich Elisabeths Tabletten vergessen (ein Mittel hieß Risperdal, aber die übrigen?), ihren Badeanzug, ihre angeblich wichtigste Lektüre sowie die Telefonnummer der Psychiaterin (für den Notfall).

9. September 2009
Seit langer Zeit wieder einmal mit Elisabeth im Kino, „Die Kinder des Olymp", ein hoch poetischer Film, den wir bestimmt zehnmal gesehen haben und der uns in früheren Jahren oft Flügel verliehen hat. Schon auf dem Heimweg hat Elisabeth den Filmtitel vergessen und ebenso die aufregende Theaterhandlung, auch die exzentrischen Hauptfiguren, ihre nachklingenden Namen („Baptiste", „Garance") und selbst den Namen des Traditionskinos „Die Kamera", das wir früher so häufig aufgesucht

haben, dessen Bilder und Gerüche in mancher Weise zu unserer Kino-Geschichte gehören. Zu Hause angekommen, besteht sie darauf: Ich soll gleich jetzt für sie den Film Bild um Bild rekonstruieren und alle Szenen und Dialoge, die mir einfallen, aufzeichnen in einem Schulheft, das sie herbeiträgt. Ich soll das Drehbuch gleichsam noch einmal schreiben und dabei neu und nur für sie erfinden, eine gigantische Aufgabe, die mir nur unzureichend gelingt, sodass sie abrupt das Zimmer verlässt. Zur Nacht verriegelt sie die Haustür, lässt jedoch die Fenster im Parterre weit offenstehen.

15. September 2009

Ich verstehe Elisabeth in ihrem Kranksein ebenso wenig wie sie mich in meinem scheinbaren Gesundsein begreift. Wir verharren einander gegenüber, in eigene Kreise verstrickt, zwei beinah Fremde, voneinander durch ein Unglück Geschiedene wie Verbundene in ungewohnter Situation; beide verletzlich, beide misstrauisch; beide Opfer? Ich bin in ihren Augen permanent schuldig, das ist für sie klar und unabweisbar richtig, sie hört es aus jedem meiner Sätze, ja zwischen den Wörtern heraus – schuldig als Mann wie als Künstler, auch weil ich eben nicht dement zu werden drohe, sondern zumindest vorerst noch den Überblick behalte, was in unserer Lage auch dringend nötig ist. Schuldig auch, weil ich weiterhin komplizierte Bücher lesen und sogar ohne größere Schwierigkeiten welche schreiben kann. Sie fühlt sich von mir beobachtet, sie meidet die Küche, den lichten Garten, die Herbstsonne, die Waldwege. Ich versuche, so oft wie möglich, den Kopf in den Sand zu stecken und harmlos mitzuspielen, um so ihre leichteren Ausfälle zu übersehen, sie zumindest nicht eigens, mit erhobener Stimme, darauf hinzuweisen. Doch gelegentlich kann ich nicht anders, muss ihr – obwohl es falsch ist – Vorhaltungen machen, sie wie eine Gesunde ernsthaft kritisieren, worauf sie in der Regel mit Schweigen oder Unverständnis reagiert. Sie vergisst im Nahbereich immer mehr Ereignisse aus ihrem (unserem) früheren Leben. Unheimlicher aber erscheint mir ihr wachsendes Desinteresse an unserem Alltag, ihre Abwesenheit mir, den Kindern und Enkeln, auch dem Haushalt und der traditionellen Frauenrolle gegenüber, die sie nicht nur vernachlässigt, sondern schlicht missachtet. Sie lässt das sich anhäufende Geschirr stehen und zu Gebirgen anwachsen, ohne es zu spülen, das Licht in allen Zimmern brennen, ohne es zu löschen, sie lässt das Radio und das Wasser einfach laufen, wenn sie die Küche verlässt, Türen und Fenster offenstehen, wenn sie aus dem Haus geht. Dabei starrt sie keineswegs ständig auf ihre Krankheit, sondern vergisst sie häufig auch. Sie scheint eher vor sich hin zu vegetieren und an gar nichts zu denken, sofern das möglich ist. Ihre Kontakte zu dem, was man Realität nennt, sind im Schwinden begriffen.

Ende September 2009
Es gibt die, die scheitern, und die, die durchstehen, und ich bildete mir bis vor Kurzem ein, zu den Letzteren zu gehören, zu denen, die aus Niederlagen lernen und nach einer Denkpause in ihrem Tun gestärkt fortfahren. Doch nun hat mich, auch bedingt durch Elisabeths seltsam dunkle und für mich letztlich nicht begreifbare Entwicklung, das graue Alter eingeholt, als eine Art Schicksal, ein Unglück, wie immer man es benennen mag, und ich fühle mich ihm hilflos, fast blind ausgeliefert.

Ja, es hat mich zuletzt doch noch am Kragen erwischt und geschüttelt und hört nicht auf damit, und ich beklage mich lautstark und bedauere mich ausführlich. Erst spät, mit Siebzig, bin ich – gezwungen, nicht freiwillig – gleichsam über Nacht unsanft aufgewacht und wenigstens ein Stück weit erwachsen geworden. Ich musste für nahezu alles die Verantwortung übernehmen, musste für uns beide Entscheidungen treffen und konnte mich nicht mehr beiseite drücken und in meinem Schreibzimmer verschanzen wie Becketts Murphy in seinem Schaukelstuhl. Erst Elisabeths Erkrankung hat mich dazu veranlasst, Steuerbelege zu sammeln, Rechnungen und Fahrscheine zu ordnen, mit der Krankenkasse zu verhandeln, Handwerker, Ärzte und Pfleger zu kontaktieren und im Gasthaus wie im Hotel die Rechnung zu begleichen, was früher naturgemäß sie besorgt hat.

Das Alter, ich gebe es zu, hat mich mit all seinen Widersprüchen gedanklich schon immer mehr herausgefordert als die Jugend in ihrer prangenden Oberflächlichkeit und Ahnungslosigkeit, ihrem aufgekratzten Gehabe, ihrem privaten wie politisch motivierten Moral- und Mode-Geschwätz. Ich schätze vor allem die Gelassenheit des Alters, die Schönheit und Ruhe der Wahrnehmung und die Tiefe der Reflexion, eben die Vorteile der Lebenserfahrung. Wir beobachten den stillen Verfall eines Gesichts, eines Hauses, eines Ortes, einer Landschaft, dieses ständige Rieseln des Putzes und der Herbstblätter, dieses langsame Ablösen des Lebens über Jahrzehnte hinweg, das einer *Auslöschung* gleicht. Wir sehen Leiber, von denen wir nicht wissen, ob sie noch leben oder bereits tot sind. Sehen King Lear, den Greis, zum Narren geworden, in seinem Wahn, ausgesetzt in der Gewitternacht. Und wir sehen, wie Samuel Becketts geschrumpfte Gestalten, überall Urschlamm, Abraum und Asche sich anhäufen, ohne zu erschrecken, sehen leere weite Sandstrände, mit ein paar Betonbrocken und Tierknochen übersät, wo einst Städte standen, die nun verschwunden und vergessen sind. Sehen marode Fabrikanlagen und zerstörte, jedoch hochpoetische Industrie-Landschaften wie in Andrej Tarkowskis Filmen im Wasser des Teichs versinken, im Mühlgraben versacken. Und warten in Ruhe (?), besser: zappelnd und strampelnd auf ein Ende der überlangen Vorstellung. Ja, unsere Bestimmung ist, wie schon das Alte Testament weiß, Erde zu werden, Dünger, Dreck, Abfall, Staub …

> „Es wohnt in den alten Geräten wie in den alten Bildern ein Reiz des Vergangenen und Abgeblühten, der bei dem Menschen, wenn er in die höheren Jahre kömmt, immer stärker wird." (Adalbert Stifter, „Der Nachsommer")

11. Oktober 2009
Heute ergeht sich Elisabeth erneut in tiefer Verzweiflung, sie irrt heulend, den raschen Tod heranrufend, ja herbeiflehend („bitte, bitte"), durch die Wohnung. Eine Menge Rezepte, Rechnungen von Ärzten, die überwiesen und dann an die Krankenkassen weitergeschickt werden müssen, dazu Rechnungen von Handwerkern nebst „allerletzten Mahnungen", auch die Steuererklärung und so weiter betreffend, haben sich über Monate angesammelt, und sie schafft es einfach nicht mehr, sie zu sortieren, zu kopieren und die Summen zu addieren. Dabei fällt mir wieder auf, dass sie die ihr verschriebenen Psychopharmaka schon länger nicht mehr einnimmt – sie besitzt gar keine solchen Ta-

bletten mehr, hat mir aber kein Wort gesagt. Sie müsste ja nur bei der Ärztin anrufen, und die entsprechenden Rezepte würden ihr zugeschickt. Doch sie geht nicht mehr ans Telefon, weder wenn es klingelt noch um selbst anzurufen.

Sie geht auch definitiv nicht mehr allein einkaufen. Wenn ich sie bitte, von einem Besuch bei ihrer Ergotherapeutin eine Tüte Milch mitzubringen, tut sie es nicht, obwohl sie Milch so liebt. Vermutlich findet sie sich selbst in kleineren Supermärkten nicht mehr zurecht, vergisst unterwegs auch, was sie eigentlich einkaufen wollte. Das Gleißen der Waren und ihre unüberschaubare Menge verunsichern sie. Sie schafft es nicht einmal mehr, die Pfandflaschen und die Joghurt-Gläser zurückzugeben, lässt sie unterwegs einfach stehen. Selbst das schlichteste Essen, etwa Nudeln mit Tomatensoße, vermag sie nicht mehr zu kochen, sie kann den Umfang der Nahrungsmittel nicht mehr abwägen und vergisst ständig das Salz, besteht aber darauf, Freunde zum Essen nach Hause einzuladen. Der von ihr noch vor wenigen Monaten in aller Hektik geplante und mit Handwerkern durchgesprochene Um- und Ausbau der Terrasse scheint vollkommen vergessen zu sein, was mich insgeheim freut. Ständig sucht sie, laut stöhnend, nach Schlüsseln, Brillen, Geldbeuteln, Notizheften …

15. Oktober 2009

Sie habe von ihrer nicht abgeschlossenen, auch eigentlich nicht abschließbaren, in mehreren Fragmenten vorliegenden Dissertation geträumt, sagt sie mit traurigem Ausdruck, von all den Entbehrungen und Hoffnungen, die sich über die Jahre hin damit verbunden haben, auch von all der Unruhe, die davon für die ganze Familie ausgegangen sei; und sie habe von ihrer Studie Abschied genommen. Auch von den prallen Leitz-Ordnern, Heften und zahllosen, mit Notizen vollgekritzelten Blättern, die sie in keine Ordnung mehr zu bringen vermochte, habe sie geträumt. Das überbordende Material, die Frucht so vieler Forschungsstunden (Tage, Wochen, Jahre …), neben dem Beruf und vor allem in den Ferien zusammengetragen, habe sie in die hinteren Reihen ihrer Regale verbannt und rühre die farbigen Ordner nicht mehr an, doch sie lugten noch überall hervor und drängten sich auf, als verlangten sie weiterhin nach Aufmerksamkeit. Halbherzige Versuche ihrerseits, einzelne Ordner auszuräumen und ihren Inhalt zu entsorgen, scheiterten schnell.

Dieses ganze ungeheuerliche Wissen, das sie in jahrelanger Arbeit angehäuft habe, sei im Begriff, zusammen mit ihr unterzugehen, das sei ein großes Unglück für sie. Diese geistesgeschichtliche Welt, die sie im Kleinen aufgebaut habe, sei dabei, mit ihr abzusterben; die Gedanken, die Methoden, Gesten und Worte der sich gottgleich wähnenden Professoren, die sie zum Teil noch gehört und gesprochen, die sie auch verehrt habe, seien verflogen, sie selbst wisse fast nichts mehr davon …

29. Oktober 2009
Elisabeth traut sich kaum noch aus dem Haus. Sie fürchtet, jeder sehe ihr etwas an, als sei ihr die Verwirrtheit auf die Stirn geschrieben. Sie ist aber tief verletzt, als ich ihr bestätige, dass sie massive Gedächtnis-Ausfälle hat, was man ihr freilich auf den ersten Blick nicht ansehe. Selbst Paula, unserer Enkelin, ist das schon aufgefallen. Sie will von Oma nicht mehr in der Grundschule abgeholt werden, weil sie ständig zu spät komme, also den Weg nur unter Mühen finde. Sie will mit Oma auch nicht

mehr einkaufen gehen, weil sie zuletzt auf dem Wochenmarkt alle Leute nervös gemacht habe mit ihrer angeblich verlorenen oder gestohlenen Handtasche, die sie gar nicht bei sich gehabt habe. Und obwohl ich ihr schon mehrfach erzählt habe, dass die bedeutende Dichterin Inger Christensen gestorben ist und ich deshalb im Künstlerhaus Edenkoben eine Gedenkveranstaltung vorbereite, wiederholt Elisabeth, als hätte sie deren Tod gar nicht realisiert, stereotyp den Satz: „Ich glaube, Inger Christensen spricht mit dänischem Akzent."

Immer, wenn sie wegen einem Termin das Haus verlässt und auf leicht schwankendem Rad den extrem schmalen Kühlen Grund bergabwärts fährt, schaue ich ihr besorgt nach, als könnte ihr unterwegs etwas passieren, ein Unfall zum Beispiel. Und immer, wenn ich selbst aus dem Haus gehe und Elisabeth allein zurückbleibt, begleitet mich die Furcht, sie könnte sich während meiner Abwesenheit etwas antun oder das Haus anzünden, nicht aus böser Absicht, sondern aus Gedankenlosigkeit den Herd brennen lassen.

13. November 2009

Heute verbirgt sich Elisabeth wieder im Bett, unter Steppdecken und schweren Depressionen laut gähnend und stöhnend, wobei das Gähnen wie ein Stöhnen klingt und umgekehrt. Nichts behage, nichts gefalle ihr mehr, klagt sie, alles sei so sinnlos. Sie sei mutlos und für andere, besonders aber für mich, nurmehr eine Last, ja mitunter eine Zumutung, sie bemerke das schon noch; die Zimmerdecke drohe ihr auf den Kopf zu fallen und so weiter. Sie wirkt völlig aufgelöst. In der Tat hat sie kaum eine Freude, wie klein auch immer, wenigstens einen Hoffnungsschimmer in

Aussicht, ja kaum eine Lebensperspektive mehr. Wenn die Verunsicherung so weit fortgeschritten ist, bringt sie alles durcheinander. Elisabeth kann sich dann an keinen Namen, selbst an diejenigen ihrer Kinder und Enkel nicht, auch an keine noch so vertraute Adresse mehr erinnern. „Wo ist die Ebertanlage?", fragt sie mich, wenn sie zur Klavierstunde in die freie Musikschule muss, und alle erinnernden Erklärungen, selbst Stadtpläne und spezielle Wegskizzen, nutzen nichts.

Dabei ist unser Sohn Moritz aus Anlass ihres 68. Geburtstags zu Besuch erschienen und bekommt nun so unvermittelt das ganze Elend präsentiert, ihr Jammern und Weinen, das für ihn zumindest in dieser Härte ein Schock sein dürfte, da er sie ja als starke Frau und sorgende Mutter in Erinnerung hat. Wahrscheinlich ist sie enttäuscht und auch traurig, weil ihre engsten Freundinnen noch nicht angerufen haben, um ihr zu gratulieren und sie zu trösten, obwohl sie doch – oder gerade weil sie – über ihren Zustand mehr oder weniger informiert wurden. Zwei, drei werden sich wohl noch melden, sage ich zur Beruhigung, doch manche vermeiden den allzu engen Umgang mit der Kranken und die Nähe der Krankheit lieber, als wäre sie eine ansteckende Seuche. Für andere wieder, etwa für Renate, eine Psychologin, die sich früher sehr um ihre Freundschaft bemüht hat, ist Elisabeth intellektuell einfach nicht mehr attraktiv. Sie weint heftig. Vermutlich hat sie mehrere Tage lang ihre Beruhigungstabletten nicht zu sich genommen.

Ein paar Stunden später weiß sie von ihren Klagen nichts mehr, sie sind wie ausgelöscht. Für kurze Zeit plaudert sie entspannt und fast heiter mit ihrem Sohn über seine Erlebnisse in Israel, sie erinnert sich dieses oder jenes Geschehens, gemeinsamer Ausflüge, bevor die Stimmung wieder kippt. Sie sollte in regelmäßige psychiatrische Behandlung, meint unser Sohn, zumal ihre Vergesslichkeit ständig zunehme, während das Aggressive, ja Hassvolle, das ihr Verhalten besonders mir gegenüber monatelang prägte, abzuklingen scheine. Manchmal wirkt sie sehr liebenswert, fast rührend auf mich in ihrer fundamentalen Unsicherheit, die sie nicht versteht, und ich fühle mich umfassend zuständig. Manchmal ertappe ich mich auch dabei, dass ich in einem genervten, inquisitorischen oder ironischen Ton zu ihr spreche, gleichsam als Erziehungsberechtigter, nur weil sie wieder einmal etwas vergessen, zerbrochen oder verloren hat – und sie nimmt das ergeben hin, sie protestiert nicht einmal gegen meine tadelnden oder kalten Worte. Ich sage etwa zu ihr, unter den gegenwärtigen Voraussetzungen – dass sie keinen Finger mehr rühre und sämtliche Aufgaben mir überlasse – hätte ich sie niemals geheiratet, sie handle grob vertragswidrig, was ein Scheidungsgrund sei. Ob sie die halbe Ironie noch begreift, meine (vermutlich reaktionäre) Klage über den erzwungenen Rollentausch?

21. November 2009
Erwache in der Nacht von einem Schrei, der mir buchstäblich in die Glieder fährt. Kam er aus dem Haus oder von draußen, aus dem Gartendunkel, aus dem Nebelland? Stammte er von Elisabeth, oder am Ende von mir? Bleibe starr im Bett liegen. Kann lange nicht mehr einschlafen, zitternd, in Erwartung des nächsten Schreis …

2. Dezember 2009
Das Klavierspiel, mit dem sie erst vor Kurzem angefangen hat, könnte vielleicht ein hilfreiches Gedächtnistraining sein. Die Musik könnte ihre Erstarrung ein wenig lockern und frühe Konzert-Erinnerungen zum Beispiel an Beethovens Klaviersonaten wecken. Doch auch hier fühlt sich Elisabeth, ohne musikalische Vorkenntnisse, schnell überfordert. Verzagt und kraftlos kriecht sie zu mir ins Bett und will gewärmt und getröstet werden. Wo mag ihre ganz eigene Energie geblieben sein, ihre Dynamik, ihr flammender Protest gegen jede Ungerechtigkeit, auch ihre Ruppigkeit, die sie brauchte, um sich in der akademischen Welt durchzusetzen? Sie wirkt hilflos, arm, ohne Entscheidungskraft, ohne Selbstvertrauen, wie gebrochen. Sie, die früher nie genug Zeit für ihre vielfältigen Interessen hatte, weiß plötzlich mit sich nichts anzufangen, sie weiß die vielen freien Stunden, die sie als Pensionärin hat, nicht zu nutzen. Ihre Persönlichkeit hat sich schleichend und jäh zugleich verändert, manche Eigenschaften haben sich geradezu in ihr Gegenteil verwandelt. Die Umrisse haben sich nebelhaft verwischt, verwirrt, verzerrt, und ich wundere mich, dass mir diese Verwandlung nicht viel früher aufgefallen ist, und dass mich ihr seltsames Verhalten nicht noch tiefer verunsichert, ja erschreckt, als es das eh schon tut. Vermutlich, weil der Prozess so unsichtbar im Innern vor sich geht, auch weil Elisabeth keine Silbe darüber spricht, nicht einmal in Andeutungen. Und wahrscheinlich will auch ich ihn in seiner ganzen grausigen Konsequenz weder sehen noch hören.

Mitte Dezember 2009
Wolfgang, ein Schulkamerad, dem ich kürzlich nach rund fünf Jahrzehnten bei einem Klassentreffen wiederbegegnet bin, praktischer Arzt im Ruhestand, erzählt mir unvermittelt am Telefon, dass seine Frau an einer mit der Alzheimer-Demenz verwandten, ziemlich seltenen Krankheit namens Morbus Pick leide, unter deren Einfluss sich ihre Persönlichkeit ins Groteske verzerrt und völlig verwandelt habe. Seit Kurzem beschimpfe sie ihn unflätig, sie greife ihn ohne erkennbaren Grund körperlich an, verletze ihn mit spitzen Gegenständen, zerstöre seine Sachen (Papiere wie Kleider), attackiere auch andere Menschen, die sich dazwischen stellten. Selbst die eigenen erwachsenen Kinder müssten sich ihrer An- und Ausfälle erwehren. Im Restaurant lecke sie demonstrativ (?) ihren Teller ab, sie nehme ihre Zahnprothese heraus oder sie knurre einen Hund unterm Nachbartisch an, der aus Furcht zurück belle, bis das ganze Lokal in vollkommene Verwirrung gerate. Wolfgang erwägt, sich eine zweite Wohnung zuzulegen, einen zweiten Computer, der vor ihren Übergriffen sicher sei, am besten gleich eine zweite Frau. Er fühlt sich zu Recht verfolgt.

19. Dezember 2009
Elisabeth klammert sich ungewohnt heftig an mich, vermutlich weil sie mich nun wirklich braucht und sich ohne meine Nähe angesichts immer dunkler und verworrener werdender Innen- wie Außenräume unsicher fühlt. Wenn ihre Gymnastikstunde ausfällt, allein weil sie viel zu spät in der Halle erscheint, wenn sie auch keinen Musik- oder Arzttermin hat, gerät sie rasch in Panik. Die neu gewonnene freie Zeit überfordert sie. Sie kann

sich weder auf Bücher und Zeitungen noch auf Gartenarbeit oder mögliche und auch sinnvolle Enkelbetreuung einstellen. „Bin zu nervös", sagt sie, oder aber: „Kein Zutrauen mehr." Dem eher kühl und geschäftsmäßig ablaufenden monatlichen Zusammentreffen mit der Psychiaterin versucht sie auszuweichen, indem sie sich unterwegs verläuft und massiv zu spät in die Klinik kommt, oder die Termine einfach vergisst. War sie doch einmal zur rechten Zeit in der Sprechstunde bei Frau Dr. Maus, und ich frage sie etwas später, was sie denn mit ihr besprochen habe, antwortet sie nur „nichts" oder „ich erinnere mich nicht". Äußerungen der Lustlosigkeit und der Leere überwiegen jedenfalls, und ich weiß nicht, wie lange der Zustand noch auszuhalten ist. Auch ich vermag die schwere Müdigkeit des Alters, die mir in die Knochen kriecht, kaum abzustreifen, die Melancholie des von den Kindern verlassenen Hauses, der Dämmerung und der versickernden Zeit, die mich manchmal überkommt, wenn ich mich allein fühle und abwechselnd in den Garten rausschaue und in mich hinein. Selbst jetzt vor Weihnachten und in Gegenwart der erwartungsvollen Enkel freut Elisabeth sich auf nichts. Sie schmiegt sich wie ein Tier, eine Pflanze oder ein kleines Kind an mich, obwohl ich ihr in Wahrheit nicht helfen kann. Nur zuhören reicht nicht. Ich soll Nähe, Zutrauen, Wärme spenden, wenigstens Wärme. Etwas mehr Liebe wäre besser. Und ich schäme mich einmal mehr, nicht auch krank zu sein.

29. Dezember 2009
Elisabeth kann die Nacht über nicht schlafen, sie irrt fast pausenlos im Haus umher. Ich höre das Knarren der Dielen und folge so ihren Wegen durch die Räume, den Flur. Mal schmerzt ihr

Kopf, mal blutet sie aus der Nase, mal juckt ihre Haut. Ich erkläre ihr meine Hilf- und Ratlosigkeit; sie müsse nicht bei mir, sondern in der Psychiatrischen Klinik fachliche Hilfe suchen, was sie weit von sich weist. Sie habe ja „fast nichts", beteuert sie mehrfach. Außerdem misstraue sie gerade dieser „Irrenklinik und Klapsmühle" aus historischen wie politischen Gründen besonders, sie nenne nur das Schreckenswort „Euthanasie". Auch besitze sie für einen Klinikaufenthalt keine geeigneten Nachthemden und Unterhosen mehr.

Wann mag der Leidensdruck hoch genug sein, dass sie freiwillig in die Klinik geht? „Alles hohl, alles leer", flüstert sie vor sich hin.

10. Januar 2010

Ein Sonntagvormittag mit frischem Schnee auf Zäunen und Mauern, auf Dächern und in Vorgärten; weiße Mützen, weißes Laken, eine andauernde weiße Stille ... Doch Elisabeth ist in hektischer Bewegung. Sie ruft ständig unsere Tochter Line sowie zwei, drei alte Freundinnen an, wobei sie jedes Mal in Bruchstücken ihre aktuellen Gebrechen und ihren seelischen Zustand andeutet. Sie weiß nicht mehr, ob sie überhaupt, und wenn ja, welche und wie viele Tabletten sie heute schon geschluckt hat. Vielleicht Risperdal? Sie tippt nervös auf dem Klavier herum, ein paar Takte aus „Hänschen klein", klingt todtraurig und auf die Dauer fast folterhaft. Und immer wieder zieht dieses laute, deprimierende Gähnen durch die Wohnung wie eine mal melancholische, mal apokalyptische Sirene, während ich am Schreibtisch stets aufs Neue erstarre. Was soll ich tun? Sie ist unglücklich, das hört und sieht ein jeder, sie weint. Sagt zum wiederholten Mal mit Nachdruck, sie wolle lieber in ein Altenheim übersiedeln als von mir gepflegt zu werden. Sie wolle mir nicht dankbar sein müssen. Ich spüre, wie ihr die Sätze im Mund zerfallen, die Gedanken auf- und wegfliegen, die durch die Krankheit angegriffene Persönlichkeit entschwindet, die eigene Gestalt, ihr Ich sich aufzulösen beginnt. Das in Jahren angehäufte Fachwissen, der Bildungskanon ist in solchen Momenten wie ausgewischt. Sie weiß nicht mehr, dass Johann Heinrich Voß den Homer übersetzt, Goethe „Dichtung und Wahrheit", Schiller den „Wallenstein" geschrieben hat.

Was für ein Rest-Leben kommt da auf sie zu? Auch sie scheint es, ähnlich wie ich, in Umrissen vor sich zu sehen: passiv, den Kopf unter die Bettdecke geduckt, ohne Aussicht auf irgendeine Veränderung, Verbesserung, gar Gesundung, ohne Hoffnung auf neue Ideen, Bücher, Bilder, Menschen, Städte, Geistesblitze. Ein gräuliches Dasein in einer unterirdischen, abgedunkelten, verrlegelten, von Lemuren bewohnten Welt, wo Elisabeth doch früher voller Neugier und Freiheitsliebe war, voll naiver Bereitschaft, sich allerorts zu engagieren.

Seit Jahren bin ich nun, wenn man so will, ein Mit-Fühlender und Mit-Leidender, ein Augen- und Ohrenzeuge ihres langwierigen Verlöschens, der erste unfreiwillige Zeuge sogar, und ich habe aus dieser mir zugefallenen Aufgabe meinen schmalen Nutzen gezogen, also Kraft für mein (aber auch ihr) Weiterleben in meinen Notizen gesammelt, und habe sogar einen späten, vermutlich letzten Gegenstand für mein Schreiben gewonnen. Ist dieses Verhalten, wie alle Kunstpraxis, nicht moralisch fragwürdig? Muss ich am Ende eingestehen, ja, ich bin dankbar für die Elisabeth zugestoßene Krankheit, für diesen ungeheuren

Einbruch, der doch das Leben von uns beiden wenn nicht zerstört, so doch heftig umgewälzt hat? Und ja, die Krankheit ermöglicht mir unerwartete Entdeckungen, auch auf Umwegen und von der Seite her, die ich ohne sie nicht gefunden hätte. Und ja, ich bin dankbar für das Unglück der Vereinsamung im Haus, für die Sprachlosigkeit und Leere, die uns umgibt – *ist das wirklich wahr?* Soll ich gar sagen, es ist ein Glück, so etwas erleben, am eigenen Leib erfahren und schreibend über Jahre hin begleiten zu dürfen (oder zu müssen) durch eine verwüstete Seelenlandschaft? Es scheint jedenfalls einem langen Abschied, einer äußerst anstrengenden Pilgerschaft mit unbekanntem Ziel zu gleichen. Siehst du den Pfadfinder mit dem Lederstrumpf im Dickicht des Waldes, den Stadt- und Land-Führer auf dem Stoppelfeld mit dem gezückten Notizbuch, erkennst du die Wundmale auf dem Polizeifoto, die Kratzspuren auf der Eisschicht?

„Ich aber bin allein ... Wann kömmt das große Wiedersehen der Geister?"
(Friedrich Hölderlin)

16. Januar 2010
Gewöhnlich lese ich keine Fachbücher, auch keine Zeitungsberichte über Demenz, ich suche jedenfalls nicht danach. Ich schaue mir auch keine Fernseh-Dokumentationen und Spielfilme über das Thema an und ich informiere mich nicht im Internet über Genforschung, Hirnforschung, Demenzforschung. Unterhaltungsfilme und Talkshows, die die Krankheit in gespielter Betroffenheit aufgreifen, stelle ich in der Regel sofort ab. Deren sich verständnisvoll gebende Autoren, Moderatoren und Spre-

cher ekeln mich an, ihre plappernde Leichtfertigkeit, ihre Unwissenheit, der Mangel an Erfahrung ist (ähnlich wie beim mich ebenso und seit Langem umtreibenden Thema Missbrauch) dreist und peinlich.

Doch zwei, drei Spielfilme über alternde Ehepaare, die ich vor etlichen Jahren zur Nachtzeit im Fernsehen fast interesselos an mir vorbeiziehen ließ, als könnten sie nie etwas mit mir zu tun haben, fallen mir nun wieder ein, Filme, in denen eine der beiden Hauptfiguren (weshalb war es in jedem Fall eine Frau?) gerade dabei war, das Gedächtnis zu verlieren, zumindest verwirrt oder geistesabwesend auf die Anforderungen des Alltags reagierte, streitsüchtig, ja aggressiv wurde und auch körperlich stark abbaute.

In einem dieser Filme, deren Titel mir entfallen sind, errichtete ein tatkräftiger grauhaariger Mann, nur um irgendetwas für seine demente Frau und gegen die eigene Ohnmacht zu tun, im kanadischen Sommer ein von der Gemeinde nicht genehmigtes, lichtdurchflutetes Holzhaus, in welchem sie genesen sollte. Es glich eher einem Traum- oder Kartenhaus, dem man ansah, dass es beim ersten Herbststurm in sich zusammenstürzen würde und vor der Baubehörde nicht bestehen konnte, was der Mann sich jedoch nicht eingestehen wollte. Und in einem schneedichten Winterfilm, wohl ebenfalls in Kanada spielend, bemerkte die Frau, eine alternde Intellektuelle, wie ihr Gedächtnis drauf und dran war, sie zu verlassen, und sie entschied sich, gegen den Willen des Mannes, nachdem sie ein letztes Mal mit ihm geschlafen hatte, für ein „würdiges Lebensende" im selbst ausgewählten Pflegeheim. Sie fügte sich erstaunlich rasch in diese so ganz andere Ordnung ein und beachtete ihren Ehemann bei seinen

Besuchen von Mal zu Mal weniger, ja sie vergaß ihn mit der Zeit gänzlich und widmete all ihre Aufmerksamkeit und hingebungsvolle Pflege einem anderen, gelähmt im Rollstuhl sitzenden Heimbewohner, einem Sprachlosen, den sie wohl von früher, aus ihrer Jugend kannte – für den nun völlig verlassenen Ehemann eine ebenso herbe wie unverständliche Kränkung.

Ob Elisabeth mich auch vergessen wird? Ob sie mich einmal nicht mehr erkennt?

23, Januar 2010

Mit Elisabeth, die sich anfangs weigerte mitzukommen, dann von mir überredet wurde, wieder bei der Psychiaterin. Trister, wie hinter Schleiern verborgener Ort. Ihre Diagnose ist erneut eindeutig. Es handle sich „zweifellos" um „Alzheimer-Demenz", sie spricht die beiden Unworte deutlich und mit einer Pause dazwischen aus, wie um sie mir einzuprägen, um mir klarzumachen: Es gibt keine Ausflüchte mehr. Sie rät zu einer regelmäßigen Betreuung und zu einem mehrwöchigen Klinikaufenthalt, um die Medikamente angemessen zu dosieren. Sie zählt die lokalen Hilfs- und Beratungsstellen auf, an die wir uns wenden könnten, erklärt uns, wo es Windelhosen, Gehhilfen und Rollstühle gibt. Eine Psychotherapie bringe in dem Fall nichts. Mich erschütternder Tränenausbruch Elisabeths, bewegend auch im Kontrast zur professionellen Nüchternheit der Ärztin … nackte Panik, Verzweiflung.

In den folgenden Tagen und Nächten lässt sie jede Orientierung vermissen. Sie findet ihr eigenes Zimmer nicht, zieht ihre Hemden falsch herum an, wirft von früh bis in die Nacht ihre Kleidungsstücke durcheinander. Trägt Gegenstände, auch Bücher durchs Haus, um sie irgendwo abzustellen. Am späten Vormittag will sie durchaus nicht aufstehen, sie flüchtet sich schließlich in mein Bett, wo sie, zum Kleinkind geschrumpft, strampelt, jammert und heult. Verweigert sich weiterhin einem Klinikaufenthalt. Apathisch im Bett liegend verlangt sie, dass ich ihr vorlese, egal was, nur lange soll es dauern, obwohl sie schon bei Grimms Märchen kaum zuhört. „Angst, Angst, Angst", flüstert sie vor sich hin. Sie spüre eine weiche, wabernde Masse im Kopf. Ihr schrumpfe alles, nichts interessiere sie mehr.

16. Februar 2010
Willkürlich, fahrig, jedenfalls ohne viel zu überlegen, ruft sie verschiedene Freunde, auch ferner stehende Bekannte an, wobei sie jedes Mal, laut stöhnend, in abgerissenen Sätzen, ihren seelischen Zustand anzudeuten versucht und dann ohne eine Antwort, vielleicht sogar ein Besuchs- oder Hilfsangebot abzuwarten, den Hörer vorzeitig auflegt. Von mir befragt, weiß sie nicht mehr, mit wem sie noch vor wenigen Minuten gesprochen hat und worum es dabei ging. Wen interessiere das noch angesichts *dieser Leere?* „Langeweile, nur tödliche Langeweile", murmelt sie vor sich hin.

19. Februar 2010
Elisabeth hat sich, zu unserer Überraschung, telefonisch in der Psychiatrischen Klinik angemeldet, sich also in ihrer Not gleichsam selbst eingewiesen, doch die Aufnahme misslingt. Niemand, der sie und ihre Krankengeschichte kennt, ist gerade im Haus erreichbar, niemand scheint heute für sie zuständig zu sein. Zudem ist auch kein Bett auf der infrage kommenden Station frei.

Man kann sie gerade jetzt nicht brauchen. Sie stört das System, und sie wird, als sie plötzlich doch auftaucht, wieder heimgeschickt.

„Alles grau, leer, schwarz, ja tiefschwarz", haucht Elisabeth vor sich hin. Ihr lang sich hinziehendes Gähnen klingt in meinen Ohren wie eine dumpfe Klage. „Ich spüre meine Hände nicht mehr, sie sind angeschwollen, und meine Füße sind wie aus Eis", sagt sie. Manchmal schreit sie im Halbschlaf kurz auf wie ein verwundetes oder träumendes Tier, ist aber sonst völlig willenlos. Inzwischen scheinen fast alle Freunde und Bekannte sowie die Nachbarn über Elisabeths Zustand Bescheid zu wissen, er spricht sich in der Stadt herum, während sie immer noch annimmt, so gut wie keiner sei informiert. Maria, die liebe Nachbarin, die uns gelegentlich mit Kuchen und guten Worten versorgt und mich im Auto zum Einkaufen bei ALDI mitnimmt, schwärmt: „Elisabeth herrschte doch früher wie eine brüllende Löwin über Haus und Garten; weithin waren ihre Befehle zu hören." Und ich warte noch jeden Morgen darauf, dass sie die Küche betritt, nicht geduckt, schleichend und halb angezogen, sondern aufrecht und stolz, mit lauter Stimme, zurückverwandelt in die Frau und Löwin, die sie einmal war.

18. März 2010
Mit Unterstützung unserer nahen Freundin Uta habe ich die nur leicht Widerstrebende per Auto in die Psychiatrische Klinik befördert und sie dort in einem, wie mir scheint, viel zu großen Zimmer zurückgelassen, in dem sie sich verlassen fühlen muss. Karger Empfang. Ärzte, Pfleger und Schwestern wirken auf den ersten Blick nicht gerade herzlich, machen es neuen Patienten je-

denfalls nicht leicht. Nur wenige Stunden später ist Elisabeth per Taxi wieder zu Hause. „Es gefällt mir dort nicht", sagt sie nur.

19. März 2010
Vormittags Elisabeth erneut in die Klinik begleitet. Mehrmals versucht sie, mir unterwegs zu entwischen und umzukehren. Findet sich weder in dem weitläufigen Krankenhaus noch in ihrem Zimmer, dessen Fenster sich nicht öffnen lassen, zurecht. Ein Bett, ein Schrank, ein Tisch, ein Nachttisch. „Nutzt alles nichts", sagt sie mit klagender Stimme. Keiner kümmere sich hier um sie, keiner helfe ihr. Dass es in dem älteren Gebäude muffig, nach saurem Schweiß und abgestandenem Mittagessen riecht, und dass sie mit einer depressiven Fremden das Zimmer teilen muss, scheint sie kaum zu stören. Ich habe ein schlechtes Gewissen, als hätte ich sie, der es so sichtbar elend geht, um meiner Ruhe willen an diesen seltsam riechenden Ort abgeschoben, eine Art Zwischenwelt oder Vorhölle, lange graue Flure, in denen viele an ihr vorüberschweben, doch keiner Anstalten macht, ihr zu helfen. Sie hat jedenfalls den Eindruck, gar nicht anwesend zu sein, ein Gespenst wie die anderen, unsichtbar.

27. März 2010
Elisabeth darf übers Wochenende die Klinik verlassen, gegen 11 Uhr trifft sie mit dem Taxi ein, doch es geht ihr – so mein Eindruck – schlechter denn je. Sie klagt über Verstopfung („versteinte Kacke") und verlangt ein „Klistier", doch schon im nächsten Moment quält sie „schwarzer Durchfall", vielleicht ausgelöst durch die in der Klinik an ihr ausprobierten Medikamente. Trotz Dünnschiss verspeist sie, nach einem längeren Aufenthalt in der

Badewanne, zwei Teller Linsensuppe. Obwohl sie eigentlich nur heim und ins eigene Bett will, fährt sie doch gegen 19 Uhr aus freien Stücken in die Anstalt zurück, die am Wochenende ziemlich einsam daliegen dürfte. Zwei Stunden später ist sie per Taxi wieder da.

10. April 2010
Über die Ostertage ist Elisabeth zu Hause, sie hockt oder besser liegt wie erstarrt auf Sofa und Bett, sie gähnt und schläft und jammert abwechselnd. Auf die österlich gestimmten Enkel, deren helle Organe Haus und Garten erfüllen, achtet sie kaum. Sie weigert sich, mit ihnen Memory zu spielen oder im Garten nach Ostereiern zu suchen, will schon gar nicht kochen oder backen oder spazieren gehen. Sie nimmt am Leben ihrer Familie keinen Anteil mehr, wirkt abwesend, ja abweisend. Ihr ursprünglich schönes Gesicht ist dabei, seine Konturen zu verlieren, es beginnt träge und schwammig zu werden. Sie pflegt Finger- und Fußnägel nicht mehr, die krallenartig lang, schartig und schwarz umrandet sind, auch die Zähne werden nicht mehr regelmäßig geputzt. „Immer zu müde", sagt sie, „immer Hunger."

23. April 2010
Elisabeth wird überraschend aus der Klinik entlassen, ohne vorausgehende Ankündigung, ohne ein erklärendes Arztgespräch mit mir. Sie ist einfach wieder da und weiß nicht, warum. Wie soll ich mich ihr gegenüber verhalten, streng oder nachsichtig? Wie soll ich die Einnahme der etwa zehn verschiedenen Medikamente kontrollieren, die auf einer Rezeptliste stehen? Sie liegt weiterhin den Tag über auf dem Sofa, unfähig zu irgendeiner

alltagspraktischen Handlung. Und eine Besserung ist nicht in Sicht, nur weitere, krasse Verirrungen und Einbrüche, auf die wir uns vorbereiten sollten. Prächtiger Frühling. Weicher Waldboden. Wilde Anemonen. Doch Elisabeth merkt davon nichts, sie wirkt vom grauen Klinikalltag zusätzlich gezeichnet, ihre Kleidung, ihre Haut und ihr Haar riechen nach dem dortigen Muff. Sie verwechselt Tage und Orte, kann sich keine Adresse mehr merken, verläuft sich in der Stadt und findet den Heimweg ohne Hilfe nicht. Nimmt ihre Tabletten mal doppelt, mal gar nicht ein. Kein Zweifel, ich muss die Tabletteneinnahme strenger überwachen und ihr die Finger- und Fußnägel putzen und schneiden. Ich beobachte, ohne eingreifen zu können, wie ihre Person vor meinen Augen einschrumpft, Umriss und Farbe verliert, wie sie verblasst und verkümmert, zum Häufchen Elend wird.

Mitte Juni 2010

Tatsächlich ist ihr aktueller Zustand „besser" geworden, das meint: für uns und auch für sie leichter erträglich als vor dem Klinikaufenthalt. Sie ist viel ruhiger geworden, was vermutlich durch Antidepressiva wie Remergil und Cipralex erreicht wurde. Dadurch hat aber auch ihre Trägheit, ihre Passivität und Abwesenheit zugenommen. Sie widmet sich weder mir noch ihren Kindern und Enkeln, auch für Zeitungen, Radio und die früher so geliebten Bücher hat sie keinen Blick mehr. Sie ist nicht wirklich vorhanden im Raum, ist gleichsam über Nacht wolkenhaft breit und steinalt geworden, die Haut voller Leberflecken. Äußerlich erinnert sie manchmal fast schon an ihre starre Mutter in deren späten Jahren.

Anfang August 2010
Obwohl sie auf fast alle mit uns Bekannten, denen sie zufällig über den Weg läuft, erschreckend stumpf und desorientiert wirkt, hat sie, fast ohne meine Hilfe, eine lesenswerte Rezension einer Biografie der romantischen Pädagogin Caroline Rudolphi für das Jahrbuch des Geschichtsvereins zustande gebracht, wie immer sprachlich perfekt ausformuliert. Ich lobe sie überschwänglich.

Anders als früher verbringt sie viel Zeit vor dem Fernseher, vor oft ganz trivialen Unterhaltungsfilmen, die sie vor Jahren verachtet hätte. Sehen wir uns zusammen einen für sie nicht ganz uninteressanten Film an, zum Beispiel eine Serie über die Probleme einer jungen Frau vom Land Ende des 19. Jahrhunderts, die in Berlin an der Charité um jeden Preis Ärztin werden will, hat Elisabeth am nächsten Morgen alles vergessen, sie erinnert sich an keine einzige Szene, keinen Satz und keine Figur mehr.

5. September 2010
Elisabeth berichtet, sie habe etwas auf meinen Teller gelegt, wovon sie den Namen nicht mehr wisse. Es ist Thunfisch, sie hätte nur auf den spezifischen Geruch oder auf das Etikett der Dose achten müssen. Ob auch ihr Geruchssinn nachlässt, das Gehör? Und wie steht es um ihre Augen? Wahrscheinlich täusche ich mich noch immer über den wahren Charakter einer Situation hinweg, die sich schleichend verschlechtert. Spiele „Augen zu / Blinde Kuh". Das Einkaufen jedenfalls, mit dem ich sie gegen jede Vernunft noch immer betraue, überfordert Elisabeth deutlich. Entweder verliert sie den Zettel mit den einzupackenden Waren schon unterwegs, oder sie findet die gesuch-

ten Sachen in den Kühltruhen und Regalen nicht und nimmt dafür beliebig andere, deren Namen ähnlich klingen oder deren Umhüllungen ähnlich aussehen. Sie verhält sich in etwa wie das an Ich-Spaltung leidende Catherlieschen in dem grotesken Märchen der Brüder Grimm, die nach jeder von ihr begangenen Tor- oder besser Verrücktheit gegenüber ihrem Mann stereotyp äußert: „Hättest mirs sagen müssen, Friederchen." Der ganze Supermarkt mit seinen funkelnden, die Sinne reizenden und täuschenden Angeboten überfordert sie. Alle diese Märkte folgen einem immanent logischen Waren-Aufbau, einer Dramaturgie der Verführung, die sie nicht mehr begreift.

6. November 2010
Elisabeth kommt von einer zweitägigen Tagung über den Stefan-George-Kreis im Literaturarchiv Marbach zurück, von deren Besuch ich ihr abgeraten hatte; sie ist indes außer Stande, mir zu berichten, welcher der ihr und teilweise auch mir bekannten Referenten zu welchem Thema geredet hat und was im Einzelnen besprochen wurde. Sie hat nichts behalten, hat sich auch keine oft sehr hilfreichen Notizen, nur wirres Gekritzel gemacht und bringt im Gespräch alles durcheinander. Ich reagiere ungehalten, was ich besser unterlassen sollte. Das wiederholte Nachfragen, alle Bitten und Aufforderungen, sich doch anzustrengen und ein wenig nachzudenken, beschämen sie höchstens, bringen aber nichts ein. Zu fragen wäre, weshalb sie überhaupt nach Marbach gefahren ist, wo doch alle Anzeichen auf eine erneute Niederlage hindeuteten. Ob ihr nicht klar war, dass sie dort, unter diesen kleinen, streberhaften Nachwuchs-Wissenschaftlern, die sie als alternde Frau und Fachhochschul-Lehrerin sowieso

nicht ernst nahmen, auch nicht als Konkurrentin ansahen, rein gar nichts zu suchen hatte ...

Eigentlich sollten heute, nach Elisabeths Angaben, die Frauen ihres Lesekreises um 17 Uhr bei uns zusammenkommen. Ich habe Kuchen gekauft, Tee gekocht, den Tisch gedeckt, doch kein Mensch erscheint. Bald wird mir klar: Elisabeth hat den Termin verwechselt. In Wahrheit kann sie sich keinen einzigen Termin mehr merken, und einen Kalender weigert sie sich zu führen. So weiß sie auch nicht, welcher Wochentag gerade dran ist, und vergisst selbst die Geburtstage ihrer Kinder. Den Jugendroman „Tschick" von Wolfgang Herrndorf, über den die Frauen des Lesekreises diskutieren wollten, hat sie zu lesen versäumt, auch ist ihr Exemplar unauffindbar, was sie nicht zu irritieren scheint. Sie baut sichtbar ab, ist ganz grau im Gesicht. Auch ihr Blick auf die Welt erscheint einförmig matt, ohne Ausdruck, ein schläfriges Vegetieren.

15. Januar 2011
Beim Frühstück, das heißt hier gegen Mittag, reden wir über eine neue wissenschaftliche Publikation zu Max und Marianne Weber, die Elisabeth gern besprechen würde. Doch schon am Abend weiß sie nichts mehr davon. Ich improvisiere eine Art Quiz, ein Ratespiel, gebe ihr Entscheidungshilfen, die sie vermutlich überfordern: Es gehe um einen berühmten Wissenschaftler, erkläre ich also, um die aufblühende Soziologie in Heidelberg, um die Tee-Gesellschaft am Sonntagnachmittag in seinem prächtigen Haus am Neckarufer, die seine Witwe später fortgesetzt habe, um seine psychische Erkrankung, seine verkorkste Sexualität ... Von Elisabeth kommt keine Reaktion, kein

Blick, der wenigstens andeutet, dass sie meine Fragen versteht. Vielleicht will sie das Buch im Ernst gar nicht mehr besprechen, weil sie spürt, die Arbeit an und mit dem umfangreichen Werk würde ihre Kräfte überfordern. Es folgt ein stundenlanges Klimpern auf dem Klavier, beinah autistisch.

Mitte Februar 2011
Immer öfter geht sie unangemessen gekleidet aus dem Haus, mit dünnen Schuhen und ohne Strümpfe, ohne BH und ungekämmt, ohne Mantel und Schal, selbst jetzt im Winter. Sogar in einem Faltenrock, den sie Jahrzehnte lang nicht mehr getragen hat, stand sie kürzlich vor mir und sah ziemlich lächerlich wie ein etwas unförmiges Schulmädchen aus. Sie spült die Kacke im Klo nicht ordentlich oder auch gar nicht runter, lässt Fenster und Türen offenstehen, wenn sie das Haus verlässt. Und immer häufiger zieht sie sich heimkehrend sogleich in ihr Zimmer zurück, verdrückt sich im Bett, aus dem als Antwort auf meine besorgten Fragen tierartige Laute hervordringen, Geräusche aus einer mir fremden Unterwelt, die mich erschrecken, etwa ein sich wiederholendes Schnauben, eine Art Knurren und Gurgeln, Schmurgeln und Schnurgeln.

9. März 2011
Das Unterirdische, denke ich manchmal, das tief Verschollene und geheimnisvoll Raunende, das als Rauch durch alle Fugen dringt, der eisige Wind und die große Leere, die schon lange vor unserer Zeit auf der Erde bestimmend waren – äußern sie sich nicht auch täglich vor meinen Sinnen in Gestalt von Elisabeths Krankheit: als jähe Furcht und Panik, als *Abwesenheit*

des Geistes, *Verlorenheit* und fortschreitende *Versandung*? Es sind verschüttete Botschaften der Vorfahren, die ich nur ausnahmsweise lesen kann und die mit wissenschaftlichen Begriffen und Deutungsversuchen eher zu- als aufgedeckt werden, Abgründe, zu denen allein die Poesie Shakespeares, Kleists, Büchners mit ein paar kühnen apokalyptischen Bildern, wahnhaft dunklen Gestalten und Versen einen Zugang finden konnte ... Rimbaud, Baudelaire ...

4. April 2011
Zweifellos verstanden wir uns als „Intellektuelle", als hellwache, natürlich linke, neugierige, an ungewohnten Ideen und Schriften interessierte Geistesmenschen, ohne den politischen Wahrheitsanspruch und die Selbstgerechtigkeit, die in dem Begriff lagen, voll zu ermessen. Wann immer wir bei unseren Studien auf Karl Gutzkows vergessenen Roman „Die Ritter vom Geiste" stießen – was für ein Titel! – nahmen wir uns vor, dieses Geistritter-Buch endlich einmal gemeinsam zu lesen, doch als uns wieder bewusst wurde, dass es neun Bände umfasste, also ein paar Tausend Seiten Lektüre, sparten wir uns die Mühe für irgendwann später, steckten vorzeitig auf ...

Mitte Mai 2011
Elisabeth hat einen Unfall verursacht (weitere ähnliche werden folgen), indem sie vor einer Ampel mit dem Rad auf ein Auto aufgefahren und dabei gestürzt ist. Mit einer Kopfwunde und diversen Prellungen hat man sie im Krankenwagen in das St. Josephshaus eingeliefert. Wie es zu dem Unfall kam, weiß sie nicht mehr, auch nicht, wo genau er stattfand. Auf die sie

untersuchenden Ärzte wirkt sie „antriebslos" und „desinteressiert".

Mitte Juni 2011
Man hat Elisabeth beim Schwarzfahren in der Straßenbahn erwischt. Sie musste noch vor Ort 40 Euro Strafe bezahlen und erhielt obendrein von der Staatsanwaltschaft eine Anzeige zugestellt, die auf mein Schreiben hin bald niedergeschlagen wurde. Dabei ist sie gewiss nur aus Gedankenlosigkeit ohne Fahrschein gefahren. Zum Betrügen fehlt ihr gerade jede Energie, jedes Selbstbewusstsein.

9. Juli 2011
Auf Elisabeths Wunsch fahren wir nach Lambrecht, ein finsterer Ort im Pfälzer Wald, wo sie ab 1945 mit Mutter und Großmutter einige Kinderjahre verlebt hat. Weder das Schulgebäude noch das Fabrikgelände ihrer Großeltern, eine Art Schlosserei oder Metallfabrik, noch das kleine Haus am Bahndamm, den von Hasen und Enten bewohnten Garten, von dem aus sie damals die Züge nach Paris und die Fuhrwerke auf der Landstraße beobachtet hat, erkennt sie wieder, auch den Friedhof nicht, rein gar nichts erscheint ihr vertraut. Dabei hat sie den Ort auch später, als Erwachsene, gelegentlich aufgesucht und mir von diesen Besuchen berichtet.

August 2011
Elisabeth ist verzweifelt. Sie spürt, wie ihr die Gedanken wegfliegen und dass sie nicht mehr in der Lage ist, die einzelnen Arbeitsschritte, die zur Herstellung einer Buchbesprechung nötig

sind, auszuführen und zu koordinieren: Zuerst das Lesen mit dem Bleistift, sodann musst du die angestrichenen Passagen herausziehen, sage ich; es folgen das Referieren des Inhalts, die stets nötige Detailkritik und so weiter … Ihre eigenen, ebenso klugen wie differenzierten Schriften über den Germanisten, Dichter und ersten Jünger Stefan Georges, Friedrich Gundolf, den Statistiker und Pazifisten Emil Julius Gumbel oder die Rolle der Frauen im Spanischen Bürgerkrieg hat sie weitgehend vergessen. Dass sie die umfangreiche „Gegenfestschrift" zum 600. Jubiläum der Universität Heidelberg mit herausgegeben hat, weiß sie nicht mehr so genau, die Abhandlung über „Leseförderung" ist ihr nicht mehr gegenwärtig. Um ihr Mut zu machen, hole ich die entsprechenden Bücher herbei, zeige sie ihr, lobe sie, lese daraus vor. Grabe weitere Zeitschriften aus, in denen sie erfolgreich publiziert hat. Sie tragen so schöne poetische Titel wie „Euphorion", „Muttersprache" oder gar „Mamas Pfirsiche", scheinen sie aber kaum noch zu interessieren. Sie wiegt sie in der Hand, schüttelt ungläubig den Kopf.

5. September 2011
Als ich sie heute Morgen wie üblich aufweckte, fragte sie mich erregt, ob unser Sohn Moritz noch schlafe. Ich solle ihn sofort wecken, er müsse doch zum Dienst in die Klinik. Dabei haben wir ihn gestern Abend gemeinsam verabschiedet und schweren Herzens noch ein Stück weit auf dem Weg zur Straßenbahn begleitet. Er begab sich auf eine lange Reise nach Indien, und wir machten uns Sorgen um ihn. Für Elisabeth schläft er noch immer in seinem Kinderzimmer.

12. Dezember 2011
Elisabeth fühlt sich extrem unwohl, sie ist zutiefst verunsichert durch die Entwicklung der Dinge in den letzten Monaten. Sie kann höchst wahrscheinlich nicht mehr konzentriert denken und schreiben. Sie verliert zum wiederholten Mal den Schlüsselbund (alternativ: den Geldbeutel, die Brille, die Handtasche). Vergisst Menschen, mit denen sie eben noch zusammen war, umgehend, als hätte sie sie niemals getroffen. Das betrifft auch alte Bekannte, selbst nahe Freunde, Kinder. Sie verwechselt Türen, Schränke, Weihnachtsgeschenke. Irrt im Haus umher, findet ihr Bett nicht. Was mag da vorgehen? Wenn ich ihr eine Geschichte von Thomas Mann oder eine Passage aus der Bibel vorlese, hat sie das Gelesene sofort wieder vergessen. Wer hat das auf ihrem Nachttisch zerfleddert liegende Werk „Joseph und seine Brüder" geschrieben? In Gesprächen gelingt es uns nicht, beim Thema zu bleiben, schon nach wenigen Sätzen schweift sie ab zu ganz trivialen Gegenständen oder sie zieht sich ins Schweigen zurück.

25. Januar 2012
Dank der starken Medikamente, die sie erhält, ist es ruhiger, man könnte auch sagen friedlicher geworden im Haus, aber auch öder und trister, weil ich mit Elisabeth definitiv nichts auch nur von fern geistig Anmutendes mehr besprechen kann. Ich will mich nicht damit abfinden, dass sie zu allem, was ich äußere, mechanisch nickt oder „Ja" sagt, aber nicht richtig zuhört, vielmehr sich abwendet und eilig in ihre Welt, vor den Fernseher oder ins Bett verkrümelt. So wächst die Fremdheit zwischen uns; es gibt keine gemeinsamen Interessen mehr, weder literari-

sche noch politische. Aber auch die meisten Rollen-Konflikte, die wir früher miteinander auszufechten hatten, sind verschwunden. Es muss sich keiner mehr behaupten. Auf meine insistierenden Fragen reagiert sie oft missmutig und beklagt sich. Dass es draußen schönes Wetter ist, man also in der Sonne spazieren oder schwimmen gehen könnte, scheint sie nicht zu bemerken. Überall im Haus liegen ihre alten Kleider, Bücher, Zeitungsausschnitte, häufig unter Spinnweben, unbeachtet herum ... Und auch ich habe langsam das Gefühl, einzustauben, einzutrocknen, zu verkümmern. Meine Brust ist schwer, auch angesichts der mir zuwachsenden Verantwortung, die ich ja nicht gesucht habe, aber auch nicht abweisen kann. Führe halblaute Selbstgespräche, vor allem im Garten, wo ich annehme, dass mich außer den Nachbarn niemand hört. Der dichte Staub unterm Bett und den Möbeln müsste zumindest mit der Hand zusammengeschoben und aufgewischt, die kleinen Mehlwürmer von der Küchendecke gekehrt oder gesaugt werden. Irgendwie bin ich dabei, mich in ihre Mutter zu verwandeln, die ständig wusch oder putzte, ein Gedanke, der mir heftig widerstrebt. Komme mir vor wie ein Alleinerziehender mit großem, etwas zu dickem, behindertem Kind.

7. März 2012
Wäre es nicht möglich, Elisabeths Gehirn mit Vitamin-Pillen und Spritzen aufzufrischen, mit Blitzen, mit Stromschlägen aufzuhellen, es durch ständiges Training gleichsam neu aufzubauen? Ich denke dabei auch an das den Geist vielseitig anregende Schachspiel, das sie freilich schon früher nicht gemocht und eher gemieden hat, weil es der Vielbeschäftigten an innerer Ruhe

und Konzentration mangelte. Und heute, fürchte ich, würde sie sich keine einzige Position merken können, ja schon die unterschiedlichen Bewegungsformen der einzelnen Figuren würde sie nicht verstehen.

Anfang Juli 2012
Bei unserer ersten, mir im Nachhinein ziemlich kühn erscheinenden Reise nach New York, unter Führung unseres Sohnes, eher eine Stippvisite als eine sogenannte „gründliche Reise", wie ich sie immer vorgezogen habe, hielt Elisabeth sich erstaunlich aufrecht. Sie ertrug die Beschwerden des Flugs wie das Gedränge bei der Ankunft, die anstrengenden Fußmärsche durch die Häuserschluchten Manhattans, mehrere Parks und Museen ohne zu murren und bereitete mir selbst in dem viel zu schmalen Bett des schäbigen „Chelsea Hostels" kaum Ärger mit lautem Schnarchen und Wegziehen der einzigen Decke. Es war so heiß wie zur gleichen Zeit auf Sizilien; Milben zerstachen uns die Haut, Wanzen und Kakerlaken huschten die Wände hoch und verschwanden unter der zerfetzten Tapete, was Elisabeth früher zum sofortigen Auszug bewogen hätte, während sie diesmal so tat, als bemerke sie von alldem nichts; es war ihr zumindest gleichgültig. Was mag von den vielen unerwarteten Eindrücken in ihr haften geblieben sein: vielleicht die beiden quadratischen, dunkel rauschenden Wasserbecken, die an Stelle der Twin Towers entstanden sind? Oder der sehr schöne Waldfriedhof in Brooklyn mit dem Grab von Lola Montez? Eine ästhetisch wie politisch erhellende Installation über die sozialen Konflikte Nigerias im Museum of Modern Art? Oder eher die kläglich winselnden Welpen in dem von der Sonne erhitzten Schaufenster einer Tierhand-

lung, vor der ein einzelner Tierfreund ein Transparent hochhielt? Oder ... ist das Erinnerte eigentlich so wichtig?

Über viele Jahre hin war es selbstverständlich, dass Elisabeth im Restaurant wie im Hotel die Rechnung für uns beglichen hat, ein schlichter Akt der Verantwortung, der mir irgendwie peinlich vorkam und um den ich mich, bequem und feige wie ich war, erfolgreich zu drücken wusste, während sie dabei, auch weil sie mehrere fremde Sprachen beherrschte, einen souveränen Eindruck machte. Nie war ich zuständig, nie trug ich einen mir lästigen Geldbeutel bei mir. Bis mir eines Tages auffiel, dass sie mit dem Akt des Bezahlens, also auch mit dem Herbeirufen des Kellners und dem groben Nachprüfen der Rechnungsbeträge, überfordert war. Besonders die Frage nach der Höhe und der Art der Übermittlung des erwarteten Trinkgelds versetzte sie jedes Mal in Panik, sodass ich mich seit etwa 2008 genötigt sah, den mir unangenehmen, irgendwie herrenhaften Akt selbst zu übernehmen.

16. Juli 2012

Von New York zurück, stellen sich sogleich wieder heftige Depressionen ein, verbunden mit ständiger Flucht ins Bett und unter die schützende Decke. Auf der steilen Treppe zu ihrem Dachzimmer rutscht Elisabeth ab und stürzt schwer. Eine Schultersehne ist gerissen. Operation in der Atos-Klinik.

Mitte August 2012

Elisabeth sitzt stundenlang vor den Fernseh-Übertragungen der Olympischen Sommerspiele. Von vielen Disziplinen hat sie kaum eine Ahnung, und sie interessiert sich auch nicht dafür, harrt aber aus. Sie weiß nachher meistens nicht, wer gegen wen angetreten ist und wer gewonnen hat. Oft sieht sie mich, wenn ich sie irgendetwas frage, ganz fremd an, als wäre ich ihr für den Moment unbekannt und käme von einem anderen Stern. Oder sie antwortet auf eine Frage ausdruckslos „Ja", ohne Ja zu meinen. Schwer zu ertragen, wie die früher so Energische, fast Hyperaktive nun so mechanisch abwesend reagiert, stumm auf dem Sofa liegt, nichts mehr zu erwarten scheint und sich nichts mehr zutraut.

20. Oktober 2012
Per Rad zu einem Arzttermin in der Stadt unterwegs, stürzt Elisabeth schon wieder; diesmal ist die Hand angebrochen. Sie kann wiederum nicht erklären, wo und wie der Unfall passiert ist. Die Kinder meinen, sie sollte gar nicht mehr mit dem Rad unterwegs sein, während ich noch darauf beharre in der Hoffnung, dass sie mit ihnen Ausflügen ein Stück weit selbstständig und in körperlicher Bewegung bleibt und noch ein paar Kontakte pflegen kann.

21. Dezember 2012
Aus welchen Gründen auch immer hat sie 2 000 Euro von ihrem Bankkonto abgehoben und den Geldbeutel kurz darauf, so meint sie jedenfalls, in der Friedrich-Ebert-Anlage vor der Musikschule verloren. Er sei ihr beim Abschließen des Fahrrads wohl aus der Tasche gerutscht. Mit den Enkeln suche ich das in Frage kommende Gelände vergeblich ab. Gegen Abend klingelt eine mir fremde jüngere Frau an der Tür und bringt uns den Beutel, in dem sich neben dem Geld auch Elisabeths Aus-

weise befinden, komplett zurück. Sie hat ihn tatsächlich in der Ebert-Anlage gefunden. Ich bin gerührt angesichts so grundguter Menschen. Schon einmal hat ein älterer Mann diesen Geldbeutel zwar ohne Geld, aber mit den Ausweisen hier abgegeben. Er hatte ihn in Handschuhsheim am Rand einer Schnellstraße im staubigen Gebüsch gefunden. Wie er dorthin kam, blieb unklar.

Lange habe ich mich gescheut, das fatale Doppelwort „Alzheimer-Demenz" auszusprechen, ja es überhaupt zu denken. Ich wollte auch nichts darüber lesen und hören, schon gar keine sogenannten „Ratgeber" und „Lebenshilfen" in Anspruch nehmen, und vermied jedes Gespräch. Wenn ich gelegentlich nach Elisabeths Gesundheit gefragt wurde, antwortete ich ausweichend, sie leide ein wenig an altersbedingter Gedächtnisschwäche.

4. Februar 2013
Heute verlor ich Elisabeth, als wir zusammen zu dem staatlichen Notariat nach Bergheim radelten, unterwegs. Sie fuhr eine Zeit lang dicht hinter mir und war auf einmal spurlos verschwunden im dröhnenden Verkehr. Ohne zu schauen, zu rufen und nachzudenken schlug sie plötzlich eine andere Richtung ein, und wir konnten den Termin im Notariat nicht wahrnehmen. Zum Glück fand sie den Heimweg diesmal auch ohne mich.
Tief in der Nacht ruft sie durch das leere Haus nach mir, immer wieder. Es gleicht mehr einem ängstlichen Kinder-Heulen, und es dauert eine ganze Weile, bis ich mich angesprochen fühle und aufrapple. Sie steht im finsteren Wohnzimmer und findet den Lichtschalter nicht.

20. Februar 2013

Elisabeths Zimmer macht weiterhin einen verwahrlosten Eindruck, auch wenn unsere Tochter ab und zu Ordnung (durch energisches Wegwerfen) zu stiften versucht. Auf dem Schreibtisch wie auf dem Fußboden liegen Kleider und Papiere durcheinander. Sie kann nicht mehr aufräumen, verzagt schnell beim Bemühen, den Dingen einen Platz zu geben. Noch immer, obwohl ich sie nun doch schon ein paar Jahre lang beobachte, wirkt sie auf eine irritierende Weise verstummt; ihre Gesichtszüge sind oft wie erstarrt, vereist, ohne jeden Ausdruck. Beim abendlichen Spazierengehen bleibt sie alle paar Meter stehen, als plage sie Atemnot, oder sie schaut jemandem lange nach, sodass wir kaum vorankommen. Sie strebt jedes Mäuerchen, jeden Felsen, jeden Baumstumpf als Ruheplatz an, hält sich an jedem Laternenmast fest, oder sie macht sich vorzeitig, steifbeinig und mit einer gewissen Hast auf den Rückweg. Im Hausflur angelangt, kriecht sie tastend die Treppe hoch, mit unsicheren Füßen, hangelt sich am Geländer empor, als sei ihr Gleichgewicht gestört. Da sie sich auch die regelmäßigen Termine (Ergotherapie, Klavier) nicht mehr merken kann, habe ich einen Kalender zum Umklappen besorgt und im Flur ausgelegt. Hier trage ich alle Verabredungen ein, was sie überflüssig findet und nicht beachtet.

27. März 2013

Die Zeit dränge, warnen die Ärzte: Elisabeths Herz sei „am Kippen". Morgen bereits soll sie operiert werden, ein Notfall. Sie wird eine neue Herzklappe aus Schweinehaut erhalten. In den letzten Wochen ist sie immer schwächer und kurzatmiger geworden. Nun in der Chirurgie eingetroffen, weiß sie nicht mehr, wo sie sich befindet und was mit ihr geschehen soll. Ich muss an ihrer Stelle der Operation schriftlich zustimmen. Ein heftiges Nasenbluten setzt ein, das sich über längere Zeit nicht stillen lässt. Alles ist voller Blut. Sie nimmt an, sie liege noch in der Kardiologie des St. Josephshauses zu Herzuntersuchungen und könne schon morgen mit mir nach Hause fahren.

2. April 2013
Einen Tag nach der etwa fünfstündigen Operation sitze ich an ihrem Bett. Die leitende Oberärztin, Frau Dr. Tochtermann, hat 1,7 Liter Wasser aus Elisabeths Lunge gepumpt und ihr eine Schweineherzklappe eingesetzt. Sie sieht erstaunlich wach und lebendig aus, schaut mich aufmerksam an wie schon lange nicht mehr, was bei mir sogleich Hoffnung auf geistige Erneuerung aufkommen lässt. Doch schon zwei, drei Tage später ist sie in die ihr eigene Trägheit und Schläfrigkeit zurückgefallen. Sie vergisst ständig die frohe Botschaft, dass Ostern naht und wir mit den Enkeln backen und für sie im Garten Ostereier und Schokoladehasen verstecken sollten. Reagiert zu Recht unwillig, als ich sie schulmeisterlich auffordere, einige von Goethes Werken aufzuzählen, zumal dasjenige, in welchem ein Osterspaziergang vorkommt. Nehme ich ihre Krankheit nicht ernst genug, indem ich mit ihr spiele? In einigen Tagen soll sie zur Rehabilitation nach Bad Schönborn verlegt werden.

10. April 2013
Elisabeth ist nun in Bad Schönborn in den St. Rochus Kliniken, siebter Stock, in einem Einzelzimmer untergebracht und lang-

weilt sich. Es ist ein gigantischer, schwer überschaubarer, von einem Park umgebener Kurkomplex, aus dem sich offenbar Gewinne schöpfen lassen. Zum Essen muss sie dreimal am Tag mit dem Fahrstuhl auf die Eingangsebene herabfahren, wobei sie an einem zweiten Aufzug vorbeikommt, der sie nur verwirren wird. Sie muss die Essenszeiten einhalten, obwohl sie keine Uhr mehr benutzt, und sie muss wieder in ihr Zimmer zurückfinden. Ich sehe sie schon desorientiert, weil von niemandem betreut, hungrig durch die leeren, verstörend gleichen Klinikflure irren. Die Operation scheint dagegen perfekt gelungen zu sein, fast ein kleines Wunder.

Drei Tage später nötige ich Elisabeth zu einem Spaziergang durch den weiten Park, wobei sie sich, wie vor der Herzoperation, bei jeder Gelegenheit, als wäre sie stark erschöpft, auf eine der Parkbänke legt, was mir peinlich, doch nur schwer zu verhindern ist. Sie behauptet mehrmals, es sehe so gut wie nie ein Arzt oder ein Pfleger nach ihr und es gebe für sie im Haus des Pest-Heiligen auch kein therapeutisches Angebot, was mir nicht ganz glaubwürdig erscheint.

Wieder ein paar Tage später treffe ich Elisabeth untätig im Bett an. Sie wirkt extrem träge und kleinkindhaft, verwechselt auf meine Fragen hin nahezu alles mit allem. Die zuletzt von mir mitgebrachten Zeitungen hat sie nicht angerührt. Wie ich ihrem ausliegenden „Tagesplan" entnehme, ist für sie gerade jetzt eine Fahrrad-Therapie angesetzt, zu der man sie offensichtlich nicht abgeholt hat. Sollte man hier nicht wissen, dass sie sich keinen Termin mehr merken kann und die Therapieräume auch nicht allein findet? Sollte man auf Demente wie sie nicht eingestellt sein? Auch ihre Tablettenbox fehlt. Man scheint sich jedenfalls in diesem Kurhaus nicht angemessen um sie zu kümmern, sie könnte sogar völlig unbemerkt weglaufen und im Park verschwinden. Es mangelt im Haus offenkundig an medizinischer Kompetenz, an Personal wie an Zuwendung, das ist die traurige Wahrheit. Ich suche auf verschiedenen Fluren vergeblich nach einem Arzt oder einer Betreuungsperson. Niemand scheint für Elisabeth zuständig zu sein. Auch am Empfang weiß man mir nicht zu helfen. Und die Verwaltung ist bereits geschlossen.

Ihre Ausfälle sind mittlerweile so zahlreich und überraschen mich noch immer so heftig, dass ich sie nur schwer verarbeiten kann. Im Grunde weigere ich mich noch immer, Elisabeths Verwandlung anzunehmen, sondern versuche ihr ständig mit untauglichen Frage-Antwort-Spielen entgegenzuwirken, etwa: Weißt du noch, wann wir dies oder jenes gemacht, den oder jenen getroffen haben? Oder: Wie hieß doch gleich diese sympathische Ärztin, dieser freundliche Ort? Früher hat sie nicht nur Strümpfe gestopft und Hemden gewaschen, sage ich mir, im Garten Eden die Erde umgewühlt und im Flur mit Töpfen gepoltert und zur gleichen Zeit über die Frauenfrage nachgedacht und über die Kindererziehung debattiert. Sie hat auch meine Gedichte korrigiert und mich zum Weiterschreiben ermuntert. Und wenn es nötig war, hat sie mich auch ideologisch kritisiert, etwa als es um Mao und die chinesische Kulturrevolution ging. Vernünftig, wie sie war, traute sie Mao und den Maoisten nicht über den Weg, hielt sie für üble Stalinisten, für Mörder sogar, und sie hatte recht damit. Eine Geistesleere greift nun auch nach mir, ein fortschreitender Gedankenausfall. Ich habe keine Gesprächspartnerin mehr und bedauere mich anhaltend. Sie ist nun „eine erschöpfte Seele", die sich allein nicht mehr zurechtfindet und ständig meine Hilfe braucht. Was Elisabeth einmal war, wird sie nie mehr sein können. Es gibt keinen Dialog mehr, nur ödes Abfragen: Wann etwa ihre Kinder geboren wurden, wann ihre Mutter, wann die Enkel. Am folgenden Tag stelle ich fast die gleichen Fragen, auf die sie wiederum keine Antwort weiß. Ich sollte das sein lassen.

2. Mai 2013
Elisabeth ist, was ja zu erwarten war, unverändert und körperlich wie geistig-seelisch natürlich nicht therapiert aus dem sogenannten Kurort Bad Schönborn zurückgekehrt, und sofort nimmt sie ihren Platz im Bett, ihrem Zufluchtsort, wieder ein, aus dem sie kaum zu vertreiben ist. Täglich die gleiche Faulheit, Stumpfheit, Kontaktarmut, an die ich mich verdammt noch mal nicht gewöhnen kann. Ich schimpfe, schreie, verspritze Wasser, heule, ich belle wie ein Hund, baue ein Brettspiel auf, ein Würfelspiel, miaue. Ich appelliere voller Pathos an ihre Selbstachtung, ich schüttle sie! Als sei alles eine Frage des *Willens*, als müsste sie nur nochmal ernsthaft *wollen*, um wieder zurechnungsfähig und arbeitsam und ganz wie früher zu sein.
Elisabeth versucht, einen allerletzten Artikel über die Geschichte der Heidelberger Stadtbücherei zu schreiben, aber sie beherrscht das Aufspüren und Exzerpieren der Quellen kaum mehr, auch versteht sie es nicht, das eher schlichte Material aus rund hundert Jahren anschließend zusammenzufügen. Ganz selten ein blitzartiger Einblick in die eigene Situation. „Ich bin ein Wrack", murmelt sie unvermittelt, „ein Wrack, ein Wrack, das

nicht mehr denken kann ...", und lässt den Kugelschreiber aus der Hand fallen.

2. Juli 2013

Meine nunmehr seit mindestens fünf Jahren als dement geltende Frau fährt allein mit dem Zug zu einem Treffen mit ehemaligen Kollegen aus der Fachhochschule, deren Nähe sie bisher gemieden hat, nach Frankfurt. Vergeblich versuche ich, sie davon abzuhalten. Ich mache mir Sorgen, sie könnte sich verlaufen, verirren, könnte verloren gehen in der großen wilden Stadt am Main, könnte Züge und Straßenbahnen verpassen oder verwechseln. Doch gegen 23 Uhr trifft sie gut gelaunt hier wieder ein, und zu meinem Erstaunen scheint sie alle Schwierigkeiten bewältigt zu haben: den Kauf der Fahrkarten für den Zug und die anschließende Fahrt mit der S-Bahn, hin und zurück. Sie hat also die für sie zutreffende Haltestelle wiedererkannt und das Gebäude der Fachhochschule gefunden, die sie fast zehn Jahre lang nicht mehr betreten hat (und die sich inzwischen lächerlicherweise auch ganz anders, nämlich pseudo-weltläufig „University of Applied Sciences" nennt). Und sie ist sogar guter Dinge zurückgekommen, sie hat also, könnte man sagen, alles richtig gemacht und sich mit den Kollegen versöhnt. Es könnte freilich auch sein, sie hat den Treffpunkt nicht gefunden und ist halb blind in den ihr fremd gewordenen Straßen herumgeirrt. Oder sie ist erst gar nicht bis Frankfurt gekommen, sie hat den Zug versäumt und hat den Tag irgendwo hier in der Altstadt Heidelbergs verbracht ...

Wie dem auch sei, ich will das gar nicht aufklären, will nicht wissen, ob Elisabeth mich angeschwindelt oder die Wahrheit gesagt hat. (Ich weiß, sie neigt zumindest jetzt, im Alter, zum Schwindeln.) Bemerkenswert ist doch vielmehr, was sie fünf Jahre nach der Feststellung ihrer Erkrankung noch alles leistet. Ich sollte, auch wenn es mir schwerfällt, wie andere, die Elisabeth erleben und mit ihr reden, das Positive herausstellen: Sie beherrscht die deutsche Sprache nach wie vor perfekt, wie auch die französische, sie schreibt populärwissenschaftliche Artikel oder versucht es wenigstens, besucht weiterhin Vorträge in der Universität und findet jedes Mal, unter gewissen Mühen, wieder nach Hause zurück.

20. Juli 2013
Ich schicke Elisabeth zum Jäten des alles überwuchernden Unkrauts in den Garten. Verunsichert steht sie mitten im Acker, in Gummistiefeln, ratlos, die Harke in der Hand. Obwohl sie in einer ländlichen Gärtnerei aufgewachsen ist, wo sie mitarbeiten musste, und auch diesen Garten hier mit angelegt und jahrelang betreut hat, scheint sie unschlüssig, an welcher Stelle des Beetes sie mit ihrer Arbeit beginnen soll und was hier eigentlich getan werden muss, systematisch, Schritt für Schritt und Zeile um Zeile. Ein paar einfache Handgriffe, die jeder Gartenfreund beherrscht, sind ausreichend, ein schlichtes Rupfen, Umgraben und Schneiden, eigentlich fast nichts. Doch sie – es ist schmerzlich zu sehen – hat so gut wie alles vergessen, was sie über den Garten wusste, sie fängt an verschiedenen Stellen zu harken an und gibt es gleich wieder auf, kennt auch die Namen selbst alltäglicher Pflanzen nicht mehr. Unser bunter Bauerngarten, der Gemüse und Blumen mischt, ist ihr ferngerückt und unbekannt geworden, er interessiert sie nicht im Geringsten. All die Kraft,

der Schweiß, die Energie, die sie früher in die Verbesserung der Gartenerde durch Hinzufügen von Torf, Kalk und Sand sowie in die Entwicklung der Pflanzen, besonders der geliebten Dahlien, durch Kunstdünger gesteckt hat, ist versickert, erloschen, verbrannt.

1. August 2013
In der letzten Zeit kratzt sich Elisabeth wieder verstärkt mit den Fingernägeln die Haut an Beinen und Armen auf. An einigen Stellen sind tiefe, stark blutende Wunden entstanden, Furchen und Löcher, die gelb-rosa schimmern und sich kaum schließen, da sie immer neu aufgebohrt werden. „Kratzornamente" oder „Kratzartefakte" sagen die Ärzte verharmlosend dazu. Auch im Umfeld ist die Haut blutunterlaufen. Die Wunden färben in kurzer Zeit Hosen und Hemden, das Bettlaken und die Matratze blutig. Wie eine mit Tomatensaft bekleckerte Tischdecke … Weshalb tut sie das, und wann? Vermutlich im Schlaf oder Halbschlaf, aus innerer Unruhe, oder bei halbem Bewusstsein … Ist es eine Form der Kennzeichnung, der Selbstbestrafung? Des Selbstvampirismus? Ich stutze ihr, die unwillig ist, die Fingernägel; jedes Mal, wenn ich etwas zu tief schneide, jault sie auf.

7. September 2013
Ein Foto zeigt Elisabeth und mich in unseren frühen Jahren. Wir waren, wie man so sagt, ein schönes Paar unter den vielen, bunt gekleideten, vage nach „Veränderung" strebenden jungen Leuten, die uns umschwirrten und bald wieder verschwanden, harmlos, sorglos, noch ohne all die Einbußen und Verluste, die folgen sollten. Besonders sie fiel auf mit ihrem dichten, fast

schwarzen Haar, ihrer hellen Haut und ihren blau-grauen Augen; eine Art Schneewittchen, eine neue Jeanne d'Arc. Sie war einfach und stolz und wirkte bodenständig, ein freiheitliches Leuchten ging von ihr aus. Sie war unermüdlich tätig, duldete um sich her keine Trägheit, keine Zweideutigkeit. So glich sie ein Stück weit, auch äußerlich, der Schauspielerin Angela Winkler, die in dem rebellischen Film „Die verlorene Ehre der Katharina Blum" nach Heinrich Bölls Erzählung die Hauptrolle spielte und ein paar Jahre später, unter Peter Zadeks Regie, sogar den Hamlet gegeben hat. Unsere politischen Ansichten waren ziemlich identisch und für ein paar Jahre sehr linksradikal, Bücher, Filme und Zeitschriften, an denen uns etwas lag, ebenso. Wir hatten auch ähnliche Erwartungen an das, was das Leben uns bieten sollte: intellektuelle Freiheit natürlich, andauernde Liebe, zwei Kinder mindestens, ein Haus im Süden Frankreichs, fröhliche Wissenschaft, Poesie. Wir waren Idealisten, besondere, irgendwie aus der Zeit gefallene Geistwesen, keine Realpolitiker. Macht, Geld und Besitz standen weit unten auf unserer Wunschliste, alle Parteien traf unsere Verachtung. Unsere Wandzeitungen und Flugblätter beschrieben Utopien, zitierten, jedenfalls in Ansätzen, eine ganz andere Welt als die von uns vorgefundene, spießige Veranstaltung.

Sie stutzte mir die langen Zottelhaare, wenn es unumgänglich war, und redigierte meine Poesie; manche Flugblätter hat sie mir sogar nachts auf Wachs-Matrizen getippt, so schnell und perfekt, wie meine Mutter das im Fall meiner Uni-Referate getan hatte. Wir liebten uns in der freien Natur, im Tannenforst, im Felsenmeer, am Flussufer unter Zweigen, wo uns niemand hörte und sah. Welcher Jubel, welche Aufschwünge! Wir hörten engelhafte

Stimmen einander umkreisen, es waren Melodien aus dem „Rosenkavalier": „Ist ein Traum, kann nicht wirklich sein, / dass wir zwei beieinander sein ..." Wir störten hier und da öffentliche Veranstaltungen im Namen der Freiheit oder Herbert Marcuses oder Alexander Kluges, urteilten hochfahrend über Unterhaltungssendungen im Fernsehen, die uns insgeheim ansprachen, und schrieben in einem oft rüden und besserwissenden Ton Zeitungsartikel für die „Deutsche Volkszeitung" oder studentische Organe, in denen wir uns empört über die Verkommenheit und Verlogenheit der herrschenden Klasse und ihrer Medien äußerten. Sie kaufte mir Bücher, sogar sehr teure wie eine Erstausgabe von Nikolaus Lenaus immer traurigen Gedichten, aber auch Kleider und selbst Schuhe, die zu kaufen ich zu bequem war, und vertrat bei Straßenaktionen entschieden gegenüber allen kleinbürgerlichen Feinden unsere leuchtenden Positionen und unsere Unabhängigkeit. Heute hat sie an all dies keine Erinnerung mehr, sie gleicht eher einem lethargischen Kind, das ich ständig, wenn auch vergeblich, ermahnen muss, dies und nicht das zu tun, sich die Haare zu kämmen, sich die Schuhe anzuziehen, im Klo runterzuspülen, das Fenster zu öffnen, täglich die Unterhose zu wechseln, beim Spazierengehen nicht ständig auf die Straße zu spucken, und ich wundere mich kaum noch darüber, wo es mir doch eigentlich sehr wehtun müsste.

8. Oktober 2013
Elisabeth kann sich zwei aufeinanderfolgende Termine nicht mehr merken, selbst wenn ich ihr einen Zettel mitgebe, der den Verlauf des Weges festhält und die einzelnen Schritte genau beschreibt – sie begreift den Zettel nicht, kann ihn nicht lesen,

verliert ihn rasch. Heute hat sie so zum wiederholten Mal die Klavierstunde versäumt, die sich eigentlich günstig an die Ergotherapie anschließt. Vielleicht sollten wir sie mit einem sie akustisch erinnernden Mobil-Telefon ausstatten … Vermutlich würde es unbeachtet in ihrer Tasche klingeln.

Die Wahrheit ist: Ohne mich und meine verschiedenen Versuche der Einwirkung und Hilfe würde sie die meisten Termine versäumen. Verlässt sie allein unser Haus, hat sie, unten im Dorf angekommen, oft bereits vergessen, was sie eigentlich unternehmen wollte, und steht phlegmatisch, wie in Gedanken am Straßenrand. Ich ertappe mich dabei, dass ich öfter ungehalten reagiere, sie anfauche, wenn sie zum dritten Mal eine überflüssige Frage stellt oder sich um ihre Sportstunde drückt und sich mit Ausreden wie „keine Lust" oder „zu kalt" in ihr Bett zurückzieht. Und wie ein verzogenes Kind nascht sie Süßigkeiten, die eigentlich den Enkeln vorbehalten sind, oder sie knabbert einen Linzer Kuchen an, der von mir für Freunde zum Geburtstag gebacken wurde.

> „Das Stetige an einer Krankheit schläfert einen ein. Man gewöhnt sich daran, und die Gefahr erscheint geringer."
> (Elias Canetti)

27. Januar 2014
Es wird enger um uns, während wir (jedenfalls ich) unser baldiges Ende bedenken, den körperlichen und geistigen Verfall. Elisabeth stürzt einmal mehr auf der steilen Treppe zu ihrer Dachwohnung und schlägt sich den Schädel auf. Nicht ungefährlich, da sie seit der Herzoperation ein Blutverdünnungsmittel ein-

nimmt. Die Platzwunde wird im St. Josephshaus genäht. Sie noch länger unterm Dach wohnen zu lassen, ist unverantwortlich, meinen die Kinder. Sie müsste in einen der unteren Räume umziehen, widersetzt sich aber weiter.

April/Mai 2014
Zu meinem großen Erstaunen rafft sich Elisabeth zur Europawahl auf und wählt SPD, in Erinnerung an Willy Brandts Außenpolitik, wie sie behauptet. Dabei haben wir die Sozialdemokratie, zumindest nach 1965, ständig von links aus geschmäht und bekämpft und später dann eher von rechts verhöhnt und verachtet, einschließlich ihrer moralisierenden Einwanderungs- und naiven Islampolitik in den letzten Jahren. Nichts lag uns jedenfalls ferner als SPD.

5. Juni 2014
Demenz ist offenkundig nicht gleich Demenz; es gibt sie in vielen Varianten. Und es fehlt an verlässlichen Definitionen der Krankheit durch die sogenannte Seelen-Wissenschaft, der es, wie mir scheint, sowohl an Kompetenz als auch an persönlicher Zuwendung mangelt. Jede Demenzerkrankung verläuft anders, bleibt unergründlich und verlangt nach einer behutsamen Behandlung und ganz besonderen Betreuung. Diejenige Elisabeths bewegt sich sehr langsam, gleichsam verzögert kriecht sie dahin, sie scheint oft zu stocken und innezuhalten, ja rückwärts zu laufen, was vermutlich täuscht. Sie birgt auch positive Aspekte. Elisabeth ist unter ihrem Einfluss nicht nur fauler und geistig schlaffer, sondern auch freundlicher, sanft- und gutmütiger geworden, versöhnlicher, ja liebenswerter in ihrer Hilflosigkeit.

Sie schaut ganz arglos drein. Manchmal signalisiert sie mir sogar Dankbarkeit für meine Handreichungen, ein Lächeln, ein Streichen über den Kopf, eine flüchtige Umarmung. Ein Bedürfnis nach Zuwendung ist unverkennbar. An den ihr von der Krankheit zugefügten Veränderungen und Ausfällen scheint sie nicht sichtbar zu leiden. Eine gewisse Ruhe strahlt von ihrer Unbeweglichkeit aus, eine seltsame, schwer begreifliche Zufriedenheit mit der Welt, ja, ein gewisses Einverständnis liegt in ihrem Vergessen. Ein tieferes Seelen-Leiden ist für mich jedenfalls nicht erkennbar, nicht mal ein länger andauernder Kummer. Und sie gibt weiterhin munter Befehle aus, Anweisungen im Nahbereich: „Löffel!", „Hose!", „Milch!"

15. Juli 2014
Beim Blättern in älteren Dokumenten bin ich auf einen Brief gestoßen, den ich vor etwa fünfzehn Jahren an einen ehemaligen Freund und Mitschüler an der Schauspielschule geschrieben habe. Er handelt von meiner ersten spontanen Berührung mit dem Phänomen Demenz. Ich war zutiefst erschrocken, doch so, als hätte ich selbst damit nichts zu tun; als könnte ich die Tür zu der von der Krankheit Befallenen schließen, auf mein Fahrrad steigen und ungefährdet in mein eigenes Leben zurückkehren.

15. März 1999

Lieber Walter,
unsere gemeinsame Zeit vor rund vierzig Jahren an der Schauspielschule von Irene Haller, auf die Du in Deinem Brief ja anspielst, war eine Phase des Aufbruchs, der jugendlichen Unbekümmertheit, der Hoffnungen, Liebeswünsche und eines

verlängerten Frühlings, obwohl sie doch für die allermeisten nicht in ein glänzendes Bühnendasein, sondern bestenfalls in ein Bürgerleben, wenn nicht in den frühen Tod mündete. Unvergessen unsere Aufführungen von Szenen der klassischen Literatur (ich war Romeo, war Don Carlos) auf der winzigen Studiobühne, die sich anschließenden Besäufnisse; unsere Abstecher im VW-Bus zu den Altersheimen und christlichen Jugendgruppen der Vororte, in aufgekratzter Stimmung, das Bühnenbild auf dem Autodach festgezurrt. Einmal freilich verloren wir unsere Dekorationen zu Manfred Hausmanns ungeliebtem Stück „Die Zauberin von Buxtehude" auf der Autobahn nach Mannheim mit Absicht – ich sehe sie noch davonfliegen –, nur um unsere Prinzipalin, mit der uns eine Art Hass-Liebe verband, zum Ende der Ausbildung mitten ins Herz zu treffen, was uns, glaube ich, auch gelang – eine seltsame Form der Abnabelung.

Vor exakt einem Jahr traten mir unsere Anfänge um das Jahr 1960 so krass gegenüber, dass ich mir die Augen rieb. Ich leite hier in Heidelberg seit längerem eine vielbesuchte Veranstaltungsreihe namens „Erlebte Geschichte, erzählt", in welcher ich bekannte ältere Persönlichkeiten im öffentlichen Gespräch zu Wort kommen lasse. Nun trat man seitens der Stadt an mich heran mit der Bitte, ich möge doch auch Irene Haller, die demnächst 90 Jahre alt werde, gesprächsweise vorstellen, zumal ich doch ihr ehemaliger Schüler sei. Ich machte mich also, nach verständlichem Zaudern, zu einem Vorgespräch mit Frau Haller in die Erwin-Rohde-Straße 2 auf, dieses auch Dir bekannte, vornehme klassizistische Eckhaus in Neuenheim. Die recht dunkle Wohnung im Erdgeschoss war fast unverändert, die Gegenstände ihres Zimmers (Bett, Diwan, Teppiche, Bilder, der Flügel, eine Vase mit Chrysanthemen) befanden sich noch am gewohnten Platz. Sie selbst jedoch thronte, als ich eintrat, nicht wie früher auf ihrem Diwan, sondern saß etwas zusammengesunken am Flügel und improvisierte eindrucksvoll „aus dem Bauch", wie sie das damals nannte. Sie erkannte mich wieder, wusste auch meinen Namen noch, duzte mich wie immer, doch hatte sie sonst, zu meinem Schrecken, bis auf wenige Splitter ihrer Münchner Kindheit so gut wie alles vergessen. Wie ausgelöscht waren die eigenen Karriere-Stufen (wann hatte sie an welcher Bühne die Iphigenie gespielt, in welcher Stadt die Leonore gesungen?); aus dem Kopf verloren hatte sie die Titel der vielen, so reizvollen Inszenierungen mit Schülern ihres Studios, erst recht die Eigenart der einzelnen Adepten über die Jahre hin. Ich hatte den Eindruck, sämtliche Aufführungen waren zu einer einzigen zusammengeschrumpft, und auch ich, den sie ja fast vierzig Jahre nicht mehr gesehen hatte, hätte jeder andere sein können. Ich bildete mir ein, gar nicht mehr vorhanden zu sein, sondern augenblicks zu versinken in Frau Hallers Ich-Auflösung … während sie das auch ein wenig zu spüren schien und sich wieder improvisierend an den Flügel verdrückte.

Mit dieser Person ohne Gedächtnis konnte ich keine öffentliche Veranstaltung wagen. Zum Glück rumpelte es irgendwann im Flur, es war ein ehemaliger Schüler und enger Vertrauter von Irene Haller, von allen Egi genannt, der sie zu betreuen schien. Ich rief ihn herein und baute mit seiner Hilfe notdürftig ein chronologisches Gerüst zusammen. Damit gelang die Veranstaltung dann besser als zu erwarten war, und ich nutzte den immer noch vorhandenen Trieb des Rampenschweins zum Mikrophon aus. Sie taute jedenfalls auf, sang eine Arie des Cherubino, deklamierte einen Monolog der Iphigenie, rezitierte Rilkes „Panther"-Gedicht; und alle, einschließlich der Oberbürgermeisterin, waren gerührt. Ihr erfolgreichster Schüler, Oliver Hasenfratz, der damals gerade die jugendliche Hauptrolle in dem Fernseh-Mehrteiler „Der König von St. Pauli" spielte, trat ans Mikrophon und weinte vor lauter Dankbarkeit gegenüber Frau Haller, die ihn prompt mit mir verwechselte. Sie war schon auf dem Weg ins Nirwana, und ich fand es so seltsam und unheimlich, dass ihr Gedächtnis zu großen Teilen wie ausgewischt war. In einer Ecke des Studios aber stand noch, an die Wand gelehnt, ein Rest des Sonnentors, eine Styropor-Platte der Bühnenverkleidung jenes von uns uraufgeführten Indio-Spiels oder „Cimú"-Stücks des deutschen Expressionisten Paul Zech, die Du, lieber Walter, damals so eindrucksvoll geschnitzt und bemalt hast …

31. August 2014
Dass Elisabeth kürzlich in der Straßenbahn zum wiederholten Mal ohne gültige Fahrkarte ertappt und deshalb angezeigt wurde, beschämt sie keineswegs. Sie kann den Vorgang selbst nicht erklären, denn eigentlich hatte sie Fahrscheine bei sich. Am vergangenen Sonntag ist sie während meiner Stadtführung durch das einstige Dorf Handschuhsheim verloren gegangen. Sie war auf einmal verschwunden, war auf dem Weg zurückgefallen oder hatte sich abgesetzt, weil sie keine Lust zum Gehen mehr hatte; war dann, wie ich später erfuhr, mit der Straßenbahn schwarz nach Hause gefahren, wobei sie ihr Fahrrad einfach zurückließ; ich durfte es später einsammeln. Und ich machte mir Sorgen, als mir ihre Abwesenheit auffiel, konnte die Führung aber nicht unterbrechen, um sogleich nach ihr zu suchen.

3. Dezember 2014
Es ist fast 24 Uhr, und Elisabeth ist noch immer nicht nach Hause gekommen. Ist sie beim Tanzen, beim Sport, beim Yoga aufgehalten worden? Ist sie wieder vom Fahrrad gestürzt? Hat sie sich auf dem Friedhof verirrt? Es ist tief in der Nacht, es ist winterkalt. Wo in der Stadt soll ich sie jetzt suchen? Wo beginnen? Vergeblich rufe ich bei allen Bekannten, die mir einfallen, an. Bleibt nur noch der Weg zur Polizei. Plötzlich klingelt es an der Tür, ich bin erleichtert, sie ist da. Wo sie so lange gewesen ist, weiß sie nicht mehr. Oder sie will es mir nicht sagen.

14. Januar 2015
Eigentlich dürfte ich Elisabeth keinen Moment aus den Augen lassen, nur um zu erreichen, dass sie nichts verliert (bevorzugte Gegenstände sind Brille, Uhr, Schlüssel, Geldbeutel), oder ständig ihre Termine versäumt, weil sie viel zu spät das Haus verlässt oder den rechten Weg nicht findet. Unsere Tochter beklagt schon länger, dass sich Elisabeth nicht mehr wasche, dass ihre Haare zu lang, ihre Kleider voller Mottenlöcher seien, dass sie die Zähne nicht mehr putze und die Wäsche nicht regelmäßig wechsle. Es sei nun mal meine Aufgabe, der Verwahrlosung meiner Frau entgegenzuwirken, so Line. Ich müsse sie auch, als Betreuer, zu den Ärzten begleiten, da sie das allein nicht mehr leisten könne. (Tiefer Abscheu vor dem Wort „Betreuung", das Elisabeth vollends zum Objekt macht.)
Manchmal ahne oder erspüre ich ihre Nachhause-Wege, folge ihnen und entdecke dabei eine verloren geglaubte Handtasche mit Geld und Ausweisen in einem offen zugänglichen Vorgarten, ein andermal ihre Sporttasche unter einer Sitzbank im

Friedhof oder ihre gestreifte Tasche mit Klaviernoten vor einer Haustür unten im Ort. Auf diesen Stufen dürfte sie sich ausgeruht haben und dann einfach weitergegangen sein, ohne die Tasche noch zu beachten.

April / Mai 2015
Wie immer im Frühling steht reichlich Gartenarbeit an; die Beete müssen mit dem Rechen vom alten Laub gesäubert und die Erde umgegraben, die Sträucher beschnitten, die jungen Pflanzen eingesetzt werden. Doch Elisabeth, die früher fast allein für den Garten zuständig war und das Kommando führte, will damit, so laut ich auch stöhne und klage, nichts mehr zu schaffen haben. Sie habe alles mit der Gärtnerei und ihrer Mutter Verbundene gründlich vergessen, betont sie, „das ganze Grünzeug, das ganze Gemüse", und könne mir deshalb auch nicht mehr beistehen. Außerdem hasse sie erdige Hände und Lehm an den Schuhen. Und sie stellt sich, von mir zum Mitwirken genötigt, mit Spaten, Rechen und Schere auch so unbeholfen an, als sei ihr das alles fremd, als hätte sie nie etwas mit der Gartenarbeit zu tun gehabt.
Auch das Addieren und das Subtrahieren beherrscht sie, selbst unter Zuhilfenahme der Finger, nicht mehr, ganz einfache Kopfrechnungen, wie sie in der Grundschule erlernt werden und etwa zum Einkaufen nötig sind, und es fällt ihr schwer, die Uhrzeit zu bestimmen, den großen und den kleinen Zeiger in ihrer Bewegung zu unterscheiden. Auch die Zeitung kann sie, aus welchen Gründen auch immer, nicht mehr lesen. Doch schon länger plagen sie keine Depressionen mehr. Sie scheint auch an ihrem Zustand, der noch weit schlimmer sein (und werden) könnte, nicht

mehr zu leiden. Schläft viel. Isst viel. Schaut meist ins Leere. Würde vermutlich auch im Pflegeheim nicht unglücklich sein und sich nicht verlassen fühlen. Stimmt das?

25. Mai 2015

Saftiges grünes Moos hat sich am Rand der Terrasse und auf den Treppenstufen nach oben zu ausgebreitet. Früher hat Elisabeth darauf bestanden, dass es sofort, noch vor all dem anderen Unkraut, mit Spachtel und Drahtbürste abgekratzt und vollständig entfernt wurde. Moos galt als Inbegriff der Unsauberkeit, ja des Moders und des Verfalls. Die Kinder und ich, aber auch die jeweilige Putzfrau, wurden, auf den Knien rutschend, in regelmäßigen Abständen zu dieser ungeliebten Arbeit angehalten.
Wenn ich Elisabeth heute halb ironisch, halb besorgt auf das bedrohlich die Terrasse überwuchernde Moos hinweise, antwortet sie nur, was ich denn hätte, das Moos sei doch so angenehm weich und wie ein dicker Teppich mit bloßen Füßen zu begehen, eine Wohltat.

2. Juni 2015

Ist sie nicht großzügig von ihr bemessen, die viele freie Zeit, die sie mir unbewusst zugesteht, indem sie den bei Weitem größten Teil des Tages über in ihrem Zimmer schläft oder döst oder beides im Wechsel, und mir so genügend Freiraum einräumt, mein *Werk* (groß gesprochen) auszubauen und zu vollenden (wenn auch mit latent schlechtem Gewissen), es also auf eine gewisse sprachliche Höhe zu treiben, wozu es eben auch der Ruhe bedarf und des Spazieren-Gehens unter stahlblauem Himmel, Glockenblumen, Rainfarn und Schafgarbe schaukeln am Wegrand – während sie ihr literarhistorisches *Lebenswerk* längst preisgeben musste, es vollständig vergessen und unter Staub- und Sandschichten, zwischen Leitzordnern und Federbetten begraben hat.

Sie ist müder geworden, ihre Kraft schwindet rasch, und Gleichgültigkeit gegenüber allem, was sie früher so heftig bewegt und begeistert hat, greift als eine Art Dämmerzustand Raum; ein „Pflanzenleben" zwischen Schlaf und Wachsein könnte man es nennen. Als ich vorhin in ihr Zimmer trat, lallte sie wie in Trance, mich offenbar für ihre Mutter haltend: „Dein Töchterlein ruht." Aber liegt in dieser Trägheit nicht auch eine Form der Rettung und Heilung verborgen? Schiebt sie so nicht den inzwischen von ihr als ungesund empfundenen Ehrgeiz, die ganze Last des Familienlebens und der Arbeitserfahrung leichthin von sich weg oder blendet sie aus, und eine große Beruhigung kommt über sie?

15. August 2015
Am Anfang der Rottmannstraße, auf dem Weg zu ihrem Sportverein, ist Elisabeth auf der vom Regen glatten Fahrbahn in die Schienen der Straßenbahn geraten und vom Rad gestürzt. Mit dem Rettungswagen wurde sie in die Chirurgie gefahren, eine Verletzung über dem linken Auge wurde genäht. Schon gegen Abend, als ich sie besuche, erinnert sie sich nicht mehr an das Geschehene. Auch das Fahrrad bleibt erst einmal verschwunden, bis ich es nach Tagen des Suchens in einem finsteren Winkel wiederfinde, wo es jemand abgestellt hat.

5. September 2015
Elisabeth ist schon wieder vom Fahrrad gestürzt und auf den Kopf gefallen. Fast an der gleichen Stelle, die vor drei Wochen

genäht wurde, dringt heftig Blut hervor, kaum zu stillen. Ich sollte sie im Sportverein abmelden und ihr Fahrrad wegsperren oder verkaufen. Auch sonst verfinstert sich die Situation langsam. Längst weiß sie nicht mehr, welchen Tag, welches Jahr wir gerade haben, wann ihre Kinder und Enkel geboren wurden, wann, wo und wie ihre Mutter, ihre Schwester starben, oder ob sie vielleicht noch am Leben sind und besucht werden sollten. Die Herdplatten glühen stundenlang, das Badewasser läuft über … es ist ein zunehmend entleertes Bewusstsein, das diese Dinge fraglos hinnimmt. Nichts auf der Welt kann sie, so scheint es, mehr überraschen.

10. Oktober 2015
Wenn Elisabeth früher das Haus verließ, nahm sie immer ein wissenschaftliches Buch oder eine Zeitschrift mit, um nur ja keine Zeit ungebraucht verstreichen zu lassen und etwa aufkommende Wartephasen in Straßenbahnen, Zügen und Arztpraxen mit nützlichem Lesen zu überbrücken. Sie las ständig und machte sich überall Exzerpte, sogar an den seltsamsten Orten. In Palermo etwa, auf Sizilien, wo man so etwas gar nicht tut, lagerte sie im Badeanzug auf einem schmalen öffentlichen Grasfleck inmitten der Drogenszene, ohne das zu bemerken, und las in Gundolfs Werk über Goethe. Noch heute geht sie nicht ohne ein Buch aus dem Haus, sie schaut manchmal auch hinein, doch ich fürchte, sie erkennt nichts mehr darin, die Zeilen sprechen nicht mehr zu ihr, die einst lebenswichtigen Buchstaben sind zu klein und zerfließen ihr vor den Augen.

16. Dezember 2015
Ich musste mich einer Endosonografie im Krankenhaus Salem unterziehen. Ein Stein könnte in meinem Gallengang kreisen oder ein Karzinom heranwachsen. Wieder zu Hause, erwähnt Elisabeth die Untersuchung in der Klinik mit keinem Wort, sie hat vollständig vergessen, wo ich war. Ich schweige ebenfalls, fühle mich jedoch gekränkt, obwohl ich weiß, dass mein Verhalten der Lage nicht angemessen ist. Eine Art Sprachlosigkeit breitet sich (neben der Schriftlosigkeit) aus, von der Elisabeth jedoch nichts bemerkt. Doch ihre mangelnde Empathie irritiert, ja verletzt mich noch immer.

Januar 2016
Nach Ansicht Andrea von Rotbergs, der erfahrenen Ergotherapeutin, befindet sich Elisabeth in einem körperlich verwahrlosten Zustand. Sie sei meist ungewaschen, manche ihrer Kleider seien von Motten durchlöchert und häufig bekleckert, die Haut ihrer Beine sei an vielen Stellen blutunterlaufen, was nur von andauerndem, heftigem Kratzen herrühren könne. Sie werde auch immer dicker, besonders um den Bauch herum habe sich ein doppeltes, wenn nicht dreifaches Fettpolster angesammelt, man könne auch von lästigen Fett*hügeln* sprechen. Anders als früher achtet Elisabeth kaum noch auf ihr Äußeres, ihre Kleidung, Bewegung, Reinlichkeit. Die inzwischen fast weißen Haare, die sie seit einigen Jahren nicht mehr färbt, sind meist ungekämmt, das Hemd ragt aus dem Hosenbund.

April 2016
Mir fällt eine Szene im pfälzischen Dialekt meiner Kindheit wieder ein, die in ihrer banalen Brutalität so krass war, dass ich sie nie ganz vergessen konnte, auch wenn ich die Zusammenhänge damals nicht völlig begriff. Ich stand im Verkaufsraum der Bäckerei Straub in der Kaiserstraße um ein Mischbrot an, während die Bäckersfrau mich nicht beachtete und mit einer Kundin parlierte:

„Wie geht's dann eurer Oma?"
„Achje, sie schlooft halt viel."
„Und wenn sie wach ist?"
„Böse Frau", klagt die Kundin.
„Ohje, was macht sie dann?"
„Die macht ins Bett nei und lacht auch noch."
„In die Hoos? A, priggelt sie doch!"
„Ma priggle sie doch, aber des hilft nix, die kackt ins Bett nei und lacht nur noch ärger."

16. Mai 2016
In meiner Nachkriegsjugend hat, zumindest in meiner Umgebung, nie jemand von „Demenz" oder gar von „Alzheimer" gesprochen, auch meine bestimmt nicht ungebildete Mutter nicht. Vermutlich hätte so gut wie keiner mit solchen wissenschaftlichen Begriffen etwas Konkretes verbinden können. Natürlich fielen die seltsam verwandelten Alten im Viertel auf, verwirrte Frauen mit zerzausten Frisuren und unruhigen Blicken, die einen so unvermittelt auf der Straße ansprachen, auch spontan anfassten und selbst Kinder mit wichtiger Miene und raunendem

Tonfall anredeten und ins Vertrauen zu ziehen versuchten. Sie wirkten todtraurig und weltverloren, oft auch verzweifelt, wie sie plötzlich stehen blieben und auf das Straßenpflaster zu ihren Füßen starrten, dann ein paar Schritte zurückgingen, wieder kopfschüttelnd innehielten, drei zögernde Schritte vorwärts taten und so fort. Sie hatten etwas für sie Wichtiges vergessen oder verloren, ein Wort, einen Weg, ein Gesicht, einen geliebten Gegenstand, das sah man ihnen an, aber was genau es war, fiel ihnen nicht mehr ein, und auf dem Pflaster, dessen Fugen und Muster sie mieden, war auch keine Botschaft mit Kreide verzeichnet.

Die Männer waren oft bürgerlich korrekt gekleidet, mit Hut, Krawatte und Spazierstock unterwegs, waren Lehrer oder Kaufmann gewesen, fast jeder im Stadtteil kannte sie, sodass sie eigentlich nicht verloren gehen konnten. Einer kauerte stets, wenn ich vorbeikam, in einem Korbsessel vor dem Eingang eines Hotels, das einmal seines gewesen war, er starrte vor sich hin und stöhnte in regelmäßigem Abstand „ohweh", „ohje" oder „ohweia" – Urlaute des Schmerzes, die aus einer tiefen Abwesenheit und Verwirrung kamen. Man sagte, bei ihnen sei halt „eine Schraube oder ein Sparren locker", sie seien „nicht recht bei Trost", hätten „nicht alle Tassen im Schrank", oder man nannte sie „verschroben", „verkalkt", sprach von „Greisenblödsinn", das klang fast harmlos metaphorisch und irgendwie reparierbar, jedenfalls nicht besonders bedrohlich, und ich stellte mir dabei die mit einer gelblichen Kalkschicht überzogenen Wassertöpfe auf unserem Gasherd oder die verstopfte Wasserleitung in der Küche vor, aus der nur noch ein graues Rinnsal sickerte. Auch der jüdische Hausierer und Zeitschriftenhändler, den wir Jakob nannten, war so ein Abgesonderter und Weltverlorener, der – so tuschelte man – dem Konzentrationslager krumm geschlagen und geistig verwirrt entkommen war, und die Kinder und Jugendlichen verspotteten ihn und riefen ihm „Stürmer" und „Itzig" nach, woran sie kein Erwachsener hinderte, ja mancher spornte uns noch an. Er galt als eine Art „Dorfdepp", wie sie damals noch häufig anzutreffen waren, Zurückgebliebene, geistig Verwirrte, Wasserköpfe und Krüppel, die von der Mehrheit und ihren Wortführern naturgemäß verachtet, mitunter gequält, doch am Rand auch geduldet wurden.

Erst durch die Benennung all dieser Auffälligkeiten mit einem fremdartigen Namen oder einem lateinischen Begriff trat die psychiatrische Wissenschaft sichtbar hervor und wurde im Alltag umfänglicher tätig, wenn auch mit geringem oder eigentlich gar keinem Erfolg. In den meisten Fällen sperrte man die in ihrem Verhalten Abweichenden und somit als Störenfriede Erkannten einfach weg. Und die pharmazeutische Industrie stellte Tonnen von teuren Medikamenten mit zweifelhafter Wirkung zur Verfügung. Man nahm die Vergesslichen, Verträumten, Verkalkten, auch die Zappler und Zitter-Kranken wie zum Schein therapeutisch in Griff. Im Radio, im Fernsehen, in Illustrierten wurde nicht ohne Selbstgerechtigkeit und Heuchelei über sie geplaudert. Wo früher eine naive Bereitschaft zur Annahme oder wenigstens zur Hinnahme des Auffälligen und Außergewöhnlichen bestand, ein wenn auch krummer, beschwerlicher Weg, gab es nun keinen mehr, oder Tausende.

2. Juli 2016
„Ich habe mich sozusagen selbst verloren." Diesen leicht philosophisch klingenden Satz sagte Auguste Deter, eine an Vergesslichkeit schwer leidende, einfache Frau aus Frankfurt, wiederholt zu ihrem Arzt, dem Psychiater Alois Alzheimer, der nach ihrem Tod im Jahr 1906 die „eigenartige Krankheit der Gehirnrinde" zum ersten Mal wissenschaftlich beschrieb, nachdem er ihr Hirn seziert und dabei überall Kalkablagerungen gefunden hatte. Die Entdeckung dieser Art von Demenz machte Alzheimer weltweit berühmt, was er freilich nicht lange genießen konnte; er starb schon 1915 mit 51 Jahren als Ordinarius in Breslau.
Im Jahr 1906, während Alois Alzheimer das kranke Gehirn der Auguste Deter unter dem Mikroskop betrachtete, zerlegte und analysierte, schrieb Selma Lagerlöf den ihre nordische Heimat, Land und Leute erkundenden Entwicklungs- und Abenteuerroman „Nils Holgerssons wunderbare Reise durch Schweden". Und ich habe eigentlich immer noch Elisabeths junge Stimme im Ohr, wie sie mitunter bei Waldspaziergängen „Nils Holgersson / fliegt mit den Gänsen davon" sang – ein leuchtender Aufbruch der Jugend war das, ein nicht nur musikalischer, sondern auch existenzieller Aufschwung, Hilfe und Heil für alle.

„Graugänse landen im Federsturm auf der Sandbank."
(Ezra Pound)

Ich habe diese psychiatrischen Ärzte in ihrer Hilflosigkeit gesehen, habe sie wiederholt in ihren staubfreien Räumen beobachtet und ihre Erklärungen vernommen … Wenn ich bedenke, wie viele Milliarden öffentlichen Geldes allein in den vergangenen

Jahrzehnten in die Demenzforschung gespült wurden und wie wenig die sogenannten Wissenschaftler herausgefunden haben über Ursprung, Entwicklung, mögliche Beruhigung und (ja!) Heilung dieser grausamen, meist ältere Menschen verwandelnde und entwertende Krankheit – was heißt eigentlich „wenig", fast nichts, nein: *gar nichts* haben sie seit Alois Alzheimers wegweisenden Forschungen vor mehr als hundert Jahren entdeckt, sollte man ehrlicherweise zugeben: *Sie kennen die genauen Ursachen nicht.* Sie stehen noch immer mit leeren Händen da in all ihrer Unwissenheit, die sie vertuschen und vernebeln mit wissenschaftlichem Vokabular, diese hoch dotierten Verlierer, die so ruhig und routiniert daherreden, als wüssten sie über die Abgründe der Menschenseele Bescheid, und versuchen sich so unangreifbar zu machen und bemühen sich, allseits kompetent zu erscheinen. Während wir, die an Demenz (oder auch an Parkinson) Erkrankten und deren Angehörige, ständig und unvermeidlich auf der Grenze der Anomalie und des Risikos leben, ohne freundlichen Zuspruch und Aussicht auf bessere Zeiten.

11. November 2016
Ein paar Tage vor Elisabeths 75. Geburtstag ist unübersehbar: Ja, sie hat weiter abgebaut, sie vergisst im Nahbereich viel, beinah alles, jedenfalls mehr als vorher, wirkt jedoch fast immer sanft und freundlich, so als bemerke sie ihre Ausfälle gar nicht oder als seien sie ihr unwichtig geworden. Von „Leidensdruck" findet sich kaum eine Spur. Vielleicht ist sie auch froh darüber, vom dauernden Zwang der Familienversorgung, ihrer sie aufreibenden Frankfurter Hochschullehre und besonders den Zumutungen der Jahr um Jahr sich verzögernden Dissertation end-

lich erlöst zu sein, und ist deshalb so locker wie noch nie. Sie muss nicht mehr vernünftig und aufmerksam und intellektuell bemüht sein und nicht mehr pünktlich zum Zug hasten; sie muss auch keine zahllosen Fußnoten mehr aneinanderfügen, um „Wissenschaftlichkeit" vorzutäuschen. Erstaunlich jedenfalls die Leichtigkeit, ja Wurstigkeit, mit der sie ihr Versagen jeweils überspielt und auf mein gelegentliches Schimpfen hin schweigt. Gerade hat sie mich zum dritten Mal kurz hintereinander mit dem ratlosen Gesicht einer Greisin gefragt, was denn übermorgen gefeiert werde, und ich habe, mich mühsam beherrschend, „dein 75. Geburtstag" geantwortet, was sie jedes Mal in Erstaunen versetzt. Wenn sie aus der Stadt nach Hause zurückkommt, weisen ihre Jacke, ihr Mantel, ihre Hose an der Rückseite häufig Schmutz- oder Wasserflecken auf, die verraten, dass sie sich unterwegs auf einer unsauberen Bank oder feuchten Mauer ausgeruht hat. Nachts schleicht sie sich in die Küche und isst alles Erreichbare wie Milch, Joghurt, Kuchen und frische Brötchen, sogar Marmelade und Schlagsahne restlos auf, ohne sich zu fragen, ob wir die Sachen nicht zum Frühstück benötigen.

15. Dezember 2016

Unsere Hausärztin Anne erklärt uns bei einem Praxisbesuch, den letzten Untersuchungen zufolge sei Elisabeth, physisch betrachtet, völlig gesund. Alles uns als krank Erscheinende stamme vom Gehirn oder von einem Teil desselben, das vernebelt sei, umwölkt, oder wie in Watte oder Schaumstoff verpackt, das jedenfalls nicht mehr auf die herkömmliche Weise funktioniere, sondern „faul" (auch in der Bedeutung von „verfault"), schwer und „träge" sei und sich nahezu jeder Anstrengung und Verantwortung entziehe. Auf moralische Vorhaltungen reagiere es ebenso wenig wie auf Logik oder Wutgebrüll. Das alles sei einfach so geschehen und nicht aufzuhalten gewesen, ein chemischer Vorgang, der sich innerlich vollzogen habe und an dem niemand Schuld trage, gewiss auch ich nicht. Ein Ende in Demenz, in völliger Abwesenheit aller Sinne, scheint für die Ärztin absehbar.

Aber, – werfe ich mutwillig ein –, was ist, wenn ihr euch alle täuscht? Wenn sie uns etwas vorspielt oder etwas verschweigt? Macht ihr es euch mit euren sogenannten Diagnosen nicht zu einfach? Liegt nicht jeder Fall von Demenz anders? Sichtbar beherrscht Elisabeth die deutsche Sprache, Grammatik und Rechtschreibung noch immer perfekt und korrigiert andere, vermeintlich Gesunde, wenn sie fehlerhaft daherreden. Sie hat nur selten „Wortfindungsprobleme". Sie kann sogar noch fließend Französisch sprechen. Sie kann fröhlich sein, auch albern, sie kann sich im Rhythmus der aus dem Radio kommenden Musik bewegen und mit dunkler Stimme schön singen, sie isst und trinkt gern. Und grandiose Sonnenuntergänge begeistern sie ebenso wie fernes Glockenschlagen um Mitternacht, der sich drehende Sternenhimmel. Und die Nacht so finster, der Mond für einen Augenblick so groß und rund und hell im Hirn ...

Silvesternacht 2016
Unsere Horror-Heimfahrt von einer Silvester-Einladung, bei Eiseskälte, mit dem Rad, morgens um zwei, halb drei, führt durch die mit Glasscherben und Resten von Knallkörpern übersäte Innenstadt und über die Neckarbrücke, zwischen Gebrüll und ständig neuen, bedrohlichen Detonationen hindurch, es ist fast wie im Krieg. Dabei benimmt sich Elisabeth, selbst für ihre Be-

griffe, extrem auffällig. Sie fährt heftig schwankend oft weit hinter mir her, in der Nähe betrunkener Autofahrer, willkürlich die Fahrspur wechselnd, sodass ich zurückeilen und sie im Schein letzter Raketen an den Straßenrand zerren muss. An einer Hauswand lehnend, stöhnt sie tierhaft auf, sie rotzt und spuckt nach allen Seiten, lässt sich, nach Luft schnappend, auf jedem zweiten Mäuerchen nieder. Und zweimal – es ist krass und für mich kaum zu ertragen – hockt sie sich einfach hin und kackt in den kargen schmutzigen Schnee am Straßenrand. Ich flehe sie an, diese Schamlosigkeiten doch zu unterlassen und bitte sie, weiterzugehen, ich ziehe und zerre an ihr und schiebe sie zuletzt Schritt um Schritt bergaufwärts über den Schnee (die Räder haben wir längst zurückgelassen). Gegen vier Uhr endlich zu Hause angekommen, sind wir beide blaugefroren und ziemlich zerstört. Freilich scheint Elisabeth die Kälte kaum wahrzunehmen, als sei sie innerlich schon vereist.

Die dünne Spur Scheiße im Schnee am Rand einer bewohnten und beleuchteten, gut einsehbaren Straße der Weststadt verfolgt mich seither, ich fröstle, ich schäme mich jedes Mal, wenn ich an der Unglücksstelle vorbeikomme. Das könne nur eine andere gewesen sein, behauptet Elisabeth, wenn ich sie darauf anspreche, ein Gespenst, jedenfalls nicht sie ...

25. Januar 2017
Rückwärts also, Stufe um Stufe rückwärts durch das Gestrüpp der Erinnerungen! Ich muss alle Einzelheiten, die sich mit Elisabeth verbinden, aufbewahren, die schönen von früher wie auch die kruden, mir extrem peinlichen und fremden, die sich nun häufen, etwa verschmutzte Unterhosen und Bettlaken, das ver-

schmierte Klo, die Klobrille, der Wannenrand, Rotze am Ärmel. Muss genau hinsehen, muss schmerzhafte Bilder und krumme Sätze, muss die wirklich krassen, die grausigen wie die leuchtenden Szenen festhalten, bevor sie verloren gehen. Das ist jetzt meine wichtigste Aufgabe.

Mein Manuskript also, die letzten Seiten, aber auch im Text mitten drin, nochmal und immer wieder durchgesehen, durchgekaut, immer neue Fehler korrigiert, neue Wörter, neue, Zwischentöne schaffende Sätze eingefügt. Aushalten, durchhalten bis zum Ende, das ist entscheidend, falls es hier überhaupt so etwas wie ein Ende gibt … bis alles fertig *erscheint*.

10. Februar 2017
Elisabeth hat um 16 Uhr einen Termin bei der Zahnärztin in der Steubenstraße. Schon eine Stunde früher als eigentlich nötig, um 14 Uhr, habe ich sie losgeschickt, damit sie diesmal nicht zu spät kommt. Doch um 17 Uhr ist sie dort noch immer nicht eingetroffen, und ich beginne mir Sorgen zu machen. Eine halbe Stunde später ruft sie mich aus der Praxis an: Ich müsse sofort kommen und sie abholen, sie finde ihr Fahrrad nicht mehr. Dabei steht es, wie ich schon beim Vorfahren bemerke, höchstens fünf Meter von der Zahnarztpraxis entfernt, gut sichtbar und nicht abgeschlossen, auf einem Autoparkplatz. Ihr stark verspätetes Eintreffen bei der Ärztin, die sie natürlich nicht mehr behandeln konnte, kann Elisabeth nicht erklären. Vermutlich hat sie sich verfahren und die Steubenstraße, in der unsere Tochter viele Jahre mit ihrer Familie gewohnt hat, nicht mehr gefunden.

10. April 2017

Mit unserem Sohn Moritz fahren wir im Auto in den Schwarzwald, ins schöne Höllental, und zwar an die fast hundert Meter hohe, ebenso elegant wie riskant geschwungene Gutachtalbrücke bei Titisee-Neustadt, von der sich unser Freund Johannes vor exakt zwei Jahren zu Tode gestürzt hat (wie viele andere vor und nach ihm). Schon beim Hinüberfahren registriere ich eine mir Schwindel und Angst bereitende Tiefe, ein Abgrund, dem ich nicht gewachsen bin. Ich male mir aus, wie der krebskranke Johannes hier oben zitternd stand in der Morgenfrühe. Was mag er zuletzt gesehen, gedacht, empfunden haben?

Beim Abstieg auf die Talsohle lassen wir Elisabeth, die nicht weitergehen mag, auf halber Höhe auf einer Wiese mit langem, spitzem, trockenem Gebirgsgras zurück. Wir ermahnen sie, in der Sonne sitzen zu bleiben und ja nicht wegzulaufen. Doch beim Wiederaufstieg, eine knappe Stunde später, ist sie nicht mehr da. Wir rufen in den Schwarzwald hinein ihren Namen, wir bellen nach Hundeart unter den Tannen, wagen uns auf der Suche nach ihr sogar auf die Todesbrücke, suchen sie auf uns unbekannten Wanderwegen, fragen Spaziergänger um Rat. Ein Jäger erklärt sich bereit, mit dem Auto die Waldpfade in der Umgebung abzufahren; weit kann sie ja nicht gekommen sein. Bis Moritz auf den rettenden Gedanken kommt, die Polizei im etwa fünf Kilometer entfernten Ort Titisee-Neustadt anzurufen. Als wir dort eintreffen, sitzt die Gesuchte vergnügt plaudernd im Dienstraum unter den Polizisten, die sichtbar erleichtert wirken, sie so einfach wieder loszuwerden. Auf welche Weise sie hierhergekommen ist, ob ihr etwa eine Spaziergängerin angeboten hat, sie im Auto mitzunehmen, und sie gedankenlos eingestiegen ist, weiß sie nicht zu sagen.

9. September 2017
Halb vier morgens, noch ganz finster draußen. Ich erwache von seltsam schnaubenden Geräuschen im Hausflur. Elisabeth kauert stöhnend und würgend auf der Treppe, als wäre sie gestürzt oder als hätte sie jemand zusammengeschlagen und dabei im Gesicht ernsthaft verletzt. Schwärzliches Blut, mit Schleim und Hautfetzen verdickt, quillt ihr in Schüben aus Nase und Mund; ein bitterer Eisengeruch durchzieht die Luft. Während sie mit Winseln fortfährt und wie abwesend nach Atem schnappt, versorge ich sie mit Wasser und feuchten Lappen, rutsche sodann auf den Knien durchs Bluthaus und beginne damit, als wäre ich ein Täter, der die Spuren seiner Tat verwischen muss, die schleimigen Absonderungen, bevor sie antrocknen, vom Fußboden, den Wänden und Teppichen abzuwaschen und abzuschaben, was oft nur oberflächlich gelingt. Auch Klo und Bad sind mit Blut verspritzt. Benötige mehrere Arbeitsstunden, weil ständig neue Blutspuren auftauchen. Während ich gegen Morgen wie erschlagen im Nachthemd am Küchentisch hocke, wirkt Elisabeth wieder erstaunlich munter, vom bösen Druck im Kopf befreit wie nach einem Aderlass. Von dem, was in der Nacht geschehen ist, eine Art Blutsturz, erinnert sie kaum etwas.

15. September 2017
Nach einer etwa zehnstündigen Autofahrt erreichen wir unseren südfranzösischen Ferienort St. Quentin. Obwohl Elisabeth das aus zwei von einem großen Grundstück umgebenen Häu-

sern nebst Schwimmbad und Boule-Platz bestehende Anwesen von früheren Besuchen her genau kennen sollte, wirkt sie desorientiert und abwesend. Innerlich unruhig, will sie „weg von hier" und sofort weiter „nach Hause fahren". Sie behauptet, die fremden Leute verunsicherten sie, obwohl sie die meisten schon lange kennt, ebenso ist ihr das angeblich fremde Zimmer bekannt. In der Nacht macht sie mir dann eine Szene: Sie könne nicht einschlafen, es sei zu heiß in den Räumen, die Betten seien unzureichend gefedert, es gebe kein brauchbares Lese-Licht und so weiter. Sie habe auch keines der für ihr Wohlbefinden notwendigen samtweichen Betttücher mitgebracht, und alle Taschenlampen seien kaputt, sodass sie sich in der Nacht nicht orientieren könne. Und sie hat, kaum zu glauben, schon wieder ihre Medikamente vergessen, was einem Unglück gleichkommt und letztlich meine Schuld ist. Im Grunde kann sie nicht mehr verreisen. Auch in Aix-en-Provence, wo sie als junge und sehr frankophile Frau in den frühen Sechzigerjahren Romanistik studiert und dabei sogar das Reiten erlernt hat, ein Foto beweist es, erinnert sie nichts mehr an damals. Kein historisches Gebäude, kein Geruch oder Geräusch, keine Straßenecke, keine Platanenallee, keine Färbung des Himmels oder der Sprache, kein sonniger Platz oder Park, den wir durchstreifen, kommt ihr bekannt vor.

25. September 2017
Ich versuche, Elisabeth nach etwa acht Tagen Anwesenheit in St. Quentin endlich zu waschen, weil sie selbst dazu keine Anstalten macht. Unter der Dusche, da keine Badewanne vorhanden ist, weigert sie sich energisch, die Haare nass zu machen und selbst einzuschäumen. Muss gewaltsam in die Duschkabine ein-

dringen, wobei ich auch nass werde. Sie schreit schrill auf und wehrt sich kräftig, als ich mich mit dem Shampoo nähere, mehr noch als ich Anstalten mache, ihren Hintern mit einem Lappen zu waschen. Ich schäme mich meines rohen und indiskreten Tuns wegen, es gleicht fast einer Vergewaltigung.
Die Wahrheit ist, dass sie sich allein nicht mehr waschen kann. Sie wirkt verwirrt, findet bestimmte Kleider nicht, weiß nicht, was sie zum Abendessen anziehen soll. Den kleinen französischen Text, der ihr vorgelegt wird, eine Wegbeschreibung, kann oder will sie nicht übersetzen. Gespräche mit Einheimischen im Wirtshaus oder auf der Straße dolmetscht sie mir nicht mehr.

1. Oktober 2017
Ähnlich verwirrt reagiert sie auch bei unserer Rückkehr zwei Wochen später „zu Hause". Zu meinem Erschrecken weiß sie nicht mehr, wo genau wir uns befinden, welches mein, welches ihr Zimmer ist. Ich führe sie von Raum zu Raum, zeige ihr mein Zimmer mit dem Balkon, daneben liegt das frühere Zimmer unseres Sohnes, an das sie sich noch vage erinnert. Doch wer mag in dem dritten Zimmer, wo nun mein Computer rauscht, seine Kindheit verbracht haben, na, wer? Dass hier unsere Tochter Line gewohnt hat, fällt ihr nicht mehr ein. Auch die langsame Wiederholung meiner Fragen vermehrt nur die Verluste. Elisabeth weiß nicht mehr, wie alt sie ist („vielleicht vierunddreißig?"). Mein Erklärungsversuch, sie sei „drei Jahre jünger als ich", hilft ihr auch nicht weiter. Die Zahl sechsundsiebzig versetzt sie in Erstaunen.

25. November 2017
Von einer Polizeistreife wurde Elisabeth auf der B 3 Richtung Leimen, das Rad mitten im tobenden Abendverkehr schiebend, gegen 20 Uhr „in hilflosem Zustand", wie es im Polizeibericht heißt, „aufgegriffen" und nach Hause „verbracht". Sie kann sich, vor allem im Dunkeln, nicht mehr orientieren, sie erkennt die ihr einst vertrauten Wege und vor allem die Abzweigung nach Rohrbach nicht mehr. Auch bei Tag wechselt sie spontan, ohne sich wenigstens umzuschauen, die Straßenseite, beachtet keine Verkehrsregeln und gerät so in größte Gefahr. Ich sollte sie wirklich nicht mehr allein nach draußen lassen, zumal sie sich auch zu Fuß, unsicher die Hausfassaden entlang, an die Bordsteine vorantastet, leicht stolpert und nur unter Mühen nach Hause findet. Endlich vor der Haustür angekommen, ist sie oft völlig erschöpft, nass vom Schweiß, und hat Schwierigkeiten, erst den Schlüssel und dann das Schlüsselloch zu finden. Oder sie hat vergessen, dass ich ja fast immer zu Hause bin und ihr die Tür aufmachen könnte, und klingelt ständig die Nachbarn heraus.

Anfang Dezember 2017
In den ersten Jahren habe ich Elisabeths Krankheit nach außen wie auch vor mir selbst zu verharmlosen, zu verschleiern und zu verschweigen versucht; sie war mir ebenso peinlich wie unbegreiflich. Heute berichte ich davon eher bereitwillig, gleichsam erleichtert, ja ein wenig erfreut und nach allen Seiten offen, um mich so von einer Last zu befreien, indem ich darüber spreche. Etwas hat sich schleichend verändert, sowohl in meinem Verhältnis zu Elisabeth als auch zur Welt. Ich bin freier, schonungsloser, schamloser geworden. Der Riss zwischen uns

wächst, das Gemeinsame, in so vielen Jahren angehäuft, scheint fast aufgebraucht. Nur selten noch kommt sie auf mich zu und umarmt mich, Nähe suchend, fast wie früher. Meist schleicht sie als graues sprachloses Gespenst vorbei, eine ältere (oder eigentlich alte) Frau, die nichts mehr vom Leben erwartet. Und ich bin häufig unfähig, mit Zuwendung zu reagieren, wo es nötig wäre, innerlich wie erstarrt und zugeschlossen. Es fehlen mir Freunde, auch Körper-Kontakte, Gelassenheit. Hätte ich die Kinder und besonders die drei Enkelkinder nicht in meiner Nähe, ich müsste in Einsamkeit verkümmern auf dieser (wie man so sagt) letzten Lebensetappe, wo täglich die härteste Reibung mit der Realität ansteht.

15. Dezember 2017
Ich treffe auf der Straße zufällig jemanden, den ich lange nicht mehr gesehen habe, etwa Juan, den spanischen Sänger der Studentenrevolte, habe sein „Venceremos" noch im Ohr. Oder ich höre, ich lese etwas Überraschendes, das mich umtreibt, und möchte es jemandem mitteilen, es mit jemandem teilen und besprechen, möchte also gleich zu Elisabeth hinübergehen und ihr von dem Gehörten, Gelesenen berichten, von einem erstaunlichen Telefon-Gespräch … und schon während ich dies denke, wird mir klar, dass es ja ganz unmöglich ist, mit ihr darüber zu sprechen, so wie früher, sie dafür zu begeistern, so apathisch, so teilnahmslos wie sie nun seit Jahren ist, ein absurder, nur aus meiner Not und Einsamkeit heraus geborener Gedanke.

3. Januar 2018

Wie wird man ein anderer Mensch, nicht von heute auf morgen, schlagartig, sondern eher leise, unterschwellig, über die Jahre hin? Man bemerkt es kaum, wie man geistig verkommt und verwahrlost an Haut und Haaren. Elisabeth weiß nicht mehr, wann unsere Kinder geboren wurden, von den Enkeln ganz zu schweigen, sie weiß aber noch, jedenfalls meistens, dass sie selbst am 13. November 1941 in München unehelich zur Welt gekommen ist und anschließend auf dem Obersalzberg in der gesunden Bergluft und im Umkreis der Nazi-Größen lebte, mit deren Kindern sie aufwuchs, und dass der Führer ihr sogar einmal über den Kopf gestrichen und sie einen „reizenden Posaunenengel" genannt haben soll. Oft weiß sie also die Namen unserer Kinder und Enkel nicht mehr (wohl aber die der zahlreichen Kinder Martin Bormanns, in dessen Haus ihre Mutter als Köchin diente), und ich souffliere ihr, oft mit Erfolg, die Anfangsbuchstaben ihrer Vornamen, oder sie verwechselt Kinder mit Enkeln, Moritz mit Jakob. Oder sie sagt zu mir, „was für ein Glück für dich, dass du den Moritz kennengelernt hast", als wäre er ein Fremder, nicht unser Sohn. Oder sie hält mich für ihren Onkel, ihren Bruder. Einfachste Rechenaufgaben kann sie nicht mehr lösen. Auch die Uhr beherrscht sie nicht mehr. Es nützt also nichts, ihr zu sagen, sie möge sich doch bitte um diese Uhrzeit an diesem Ort einfinden. Aber noch immer bildet sie sich ein, sie sei in der Lage, eine Ferienreise der ganzen Familie nach Spanien oder Sizilien zu organisieren.

In ihren Schubladen, Schuhen und Strümpfen hortet sie Klopapier, Kaffeelöffel, Kämme und Deckel von Milch- und Saftflaschen. Alle paar Tage bringt sie jetzt ein Foto herbei, auf dem ihre Kinder Line und Moritz noch klein und beim Spielen im Sand zu sehen sind, was Elisabeth jedoch vergessen zu haben scheint. Wenn ich ihr erklärt habe, wer die Abgebildeten sind, fragt sie wenig später: „Und wer ist die Mutter dieser schönen Kinder?" Oder sie sagt zu meinem tiefen Erschrecken: „Ich wusste gar nicht, dass ich so schöne Geschwister habe."

25. Januar 2018
Jetzt im Winter, wo schon am Nachmittag die Dämmerung einsetzt, verläuft sich Elisabeth naturgemäß häufiger als sonst. Kürzlich radelte sie auf der Gaisbergstraße Richtung Rohrbach hinter mir her und fiel dabei immer weiter zurück, doch als ich ihr Fehlen bemerkte und umkehrte, war sie verschwunden und blieb zunächst unauffindbar. Vielleicht hatte sie ja, spekulierte ich, eine Abkürzung über den Bergfriedhof gewählt. Kaum zu Hause angekommen, rief mich eine mir unbekannte Frau an, die berichtete, sie habe Elisabeth in der Nähe des nördlichen Eingangs zum Bergfriedhof entdeckt. Im einbrechenden Dunkel habe sie auf sie wie eine Verlassene, Verwirrte, Hilf- und Weglose gewirkt, um die man sich kümmern müsse, und ich sah mich gezwungen, wieder zurückzufahren und sie heimzuholen.

21. Februar 2018
Vorhin hat mich mein langjähriger Brieffreund, der wahrscheinlich phantasiereichste aller gegenwärtigen deutschen Dichter, Günter Herburger aus Berlin angerufen. Auf meine letzten, mit der mechanischen Schreibmaschine zu Papier gebrachten Briefe hatte er nicht mehr reagiert, mir nur ein Foto von sich geschickt mit Adlernase und langen grauen Hexenhaaren, auf dessen Rück-

seite er „Wüst an der Schwelle zum Greisenalter" geschrieben hatte. Immer, wenn er anruft, statt zu schreiben, geht es ihm sehr schlecht, körperlich wie psychisch. Das Briefeschreiben ist für ihn eine Art Therapie, gerichtet gegen die grauenvolle Depression, die ihn umfängt, ein Einüben des Atems am frühen Morgen nach dem ersten Lauf-Training, ein Ingangsetzen der Wörter und Sätze und insofern eine Überlebens-Strategie.

Seine Frau sei schwer an Alzheimer erkrankt, sagte er mit leiser Stimme, kaum hörbar, ins Telefon. Innerhalb nur eines Jahres sei die Krankheit eskaliert und nun nicht mehr kontrollierbar. Rosemarie verhalte sich ihm gegenüber besonders aggressiv, sie attackiere ihn mit allen möglichen Gegenständen und beschuldige ihn aller möglichen Vergehen und Verbrechen, die er nicht begangen habe. Sie liebe es auch, in ihrem Zimmer mit seinen alten Manuskripten Feuer zu legen, und sie habe die ganze Wohnung verkackt, sodass er ständig am Saubermachen sei. Ich riet ihm, er müsse unbedingt eine Pflegestufe für seine Frau beantragen, so käme er auch zu erfahrenen Hilfskräften und zu etwas Geld als Entschädigung für seine Mühen und Leiden.

Ich weiß nicht, ob er meine Worte verstanden hat (im Hintergrund lief der Fernseher), ob er überhaupt noch fähig war, etwas auf- und anzunehmen. „Sprich langsamer", sagte er mehrmals beschwörend, „sprich langsamer, bitte." Er habe starke Schmerzen im Rücken, nach einem Sturz seien drei Lendenwirbel gebrochen, er müsse immer ganz krumm gehen, mit Stock oder Gehhilfe. Und er höre auch nicht mehr gut. Um die geistig behinderte Tochter, die er „die Riesin" nannte, besonders um ihre Zukunft mache er sich viele Sorgen. Wie sollte sie allein, ohne ihn und seine Frau, in der Welt zurechtkommen? Er habe gerade seinen allerletzten Gedichtband fertiggestellt, aber wieder einmal keinen Verlag gefunden … Und Geld habe er auch keins mehr.

Ein paar Wochen später, am Ostersonntag, hat Rosemarie dann in der Wohnung ein literarisches Osterfeuer entfacht und einen Hausbrand ausgelöst, in dessen Flammen sie umgekommen ist. Günter Herburger selbst konnte schwer verletzt herausgezogen werden, starb jedoch wenige Wochen später, am 3. Mai, ohne das Bewusstsein wiedererlangt zu haben, in einem Hospital.

Ich vermisse ihn, ich vermisse seine raunende Stimme, den leichten Allgäuer Dialekt, seine schroffen, oft giftigen Kommentare über „das schnöde Dasein" in der „rohen Welt", seine grandios verrückten Briefe, seine für alles Wirkliche weit offenen Gedichte, seine epische Prosa – vollgestopft wie Schubladen, die nicht zugehen.

> „Verbrannt ist alles ganz und gar,
> das arme Kind mit Haut und Haar;
> ein Häuflein Asche bleibt allein
> und beide Schuh, so hübsch und fein."
> (Heinrich Hoffmann, „Der Struwwelpeter")

9. März 2018

Elisabeth ist anwesend und zugleich abwesend. In ihrer Verwirrung weiß sie oft nicht mehr genau, wo sie sich gerade befindet, was sie eben noch gesagt und getan hat; sie wiederholt Fragen und Gesten immer wieder, ohne auf Antworten zu warten. Bilder, Erklärungen, Anweisungen versinken augenblicks, verschwinden ohne eine Spur zu hinterlassen, aus ihrem beschädigten Gedächtnis. Wenn sie lächelt, ist es meistens aus Unsicherheit oder Verlegenheit, weil sie spürt, dass etwas von dem, was sie eben gesagt hat, nicht stimmt, nicht passt. Bei einer Lüge oder Vergesslichkeit ertappt, reagiert sie mit Singen oder lautem Lachen, oder sie wechselt in den alles relativierenden pfälzischen Dialekt über, der einen anderen, älteren Lebensraum, etwas wie Heimat und Geborgenheit, um sie eröffnet. Höchst widerwillig räumt sie gegen Mittag das Bett, lässt sich beim Anziehen der Hosen, der Schuhe und Strümpfe helfen, um dann mit mir, an meinem Arm, ein paar wankende Schritte in den nahen Wald bis zu unserer Lieblingsesche zu machen oder ein Stück weit die Straße entlang. Wenn ich sie beim Spazierengehen inständig bitte, das Rotzen und Ausspucken zu unterlassen, fährt sie wie ein gedankenloses oder widersetzliches Kind darin fort, als hätte ich nichts gesagt. Schaut mich unschuldig an. Will sie mich dafür bestrafen, dass ich sie aus dem Bett genötigt habe, will sie mir die Freude am Spazierengehen rauben, ist sie mit Absicht rücksichtslos? Hellrosa Abendluft, schwarze Äste der Bäume; zwischen dem alten Laub die ersten Anemonen. Ich bin zutiefst verärgert, ja verletzt, drücke das auch schroff aus. Dann kehrt sie um, wendet sich heimwärts, die Zäune entlang. Ihr Gesicht ist ohne Ausdruck, „ohne Schicksal". Sie hat aufgegeben, nimmt die Krankheit hin, leistet ihr keinen Widerstand mehr.

15. März 2018
Die besorgt klingenden Anrufe und Fragen, Elisabeths Zustand betreffend, sind selten geworden. Das Interesse einstiger Freundinnen und Freunde, sie zu sehen, ihr Trost zu spenden, wenigstens ihre Stimme zu hören, ist nahezu eingeschlafen. Oder

sie fürchten eine Begegnung mit der Demenz (als sei sie ansteckend) und trauen sich nicht, bei uns anzurufen, haben ein schlechtes Gewissen, so lange geschwiegen zu haben und wissen nicht, was sie zu Elisabeth, was sie zu mir am Telefon sagen sollen ... Würden sie nicht erschrecken über ihre Verwandlung, diese allgegenwärtige Stumpfheit?

Die Angst des Künstlers vor dem Alter: davor, dass er nicht mehr *produktiv*, nicht mehr kühn und erfindungsreich sein wird, dass er gezwungen sein könnte, sich ausschließlich einem ganz anderen Daseinsentwurf zu widmen, der Betreuung einer Dementen etwa, um daraus den Lebenssinn zu ziehen ... Es geht mir jetzt öfter so, dass ich die Stimmen von Bekannten am Telefon nicht wiedererkenne, obwohl sie von fern vertraut klingen, dass ich die sprechende Person nach einer längeren Zeit, in der ich nichts von ihr gehört habe, nicht identifiziere. Ich rede aber nach kurzem Stocken weiter, versuche mir nichts anmerken zu lassen.

30. März 2018
Elisabeth kommt aus eigenen Kräften kaum noch aus der ziemlich breiten Badewanne heraus, sie ist einfach zu dick, zu unbeweglich geworden und bleibt stecken, und ist andererseits nach einem erneuten Sturz, verbunden mit einer Prellung der Hüfte, zu schwach, um sich mit Armen und Beinen hochzustemmen. Sie ruft laut um Hilfe. Ich kann sie wegen meiner eigenen Rückenschmerzen nicht aus der Wanne heben oder ziehen. Meine Versuche mit einem Hocker, mit Handtüchern und Gurten, schlagen sämtlich fehl. Ich erwäge, die Nachbarn herbei-

zurufen. Nach etwa 20 Minuten schafft sie es endlich, das Gewicht auf die Knie zu verlagern und ganz langsam aufzustehen. Ich muss mich sofort um einen regelmäßig erscheinenden Hilfs- und Waschdienst bemühen. „Warum hast du denn keine Frau, die dir hilft?", fragt sie ganz ernsthaft. „Bist du vielleicht ein Witwer?", ein altertümliches Wort, das ich erst nicht verstehe, weil sie es so seltsam gedehnt ausspricht. Doch wo es um die längst zerfallene Großfamilie geht, ist manchmal wieder von Oheim, Muhme und Base die Rede.

9. April 2018
Ein befreundetes Ehepaar aus unserer linksradikalen Wunschwelt vor rund fünfzig Jahren kommt zu Besuch. Unsere Töchter sind im gleichen Jahr geboren und waren damals eng befreundet. Unsere Frauen tragen nicht nur den gleichen Vornamen, beide waren früher auch auf ähnliche Weise energisch und dominant. So war die Frau des Freundes über lange Zeit strenge Kommunistin, zuständig für die Schulung erst spanischer, dann türkischer Gastarbeiter, Mitglied in einer maoistischen Mini-Partei mit Führungsanspruch. Auch später, nach deren Zerfall, hat sie ehrenamtlich Projekte mit Ausländern, besonders mit deren Frauen geleitet. Ich habe ihren herben Befehlston noch im Ohr.
Auffallend, wie still und bescheiden auch sie inzwischen geworden ist. Sie redet leise und stockend, wirkt sogar ein wenig unsicher auf mich. Fast ängstlich schaut sie zu ihrem Mann hin und möchte, sagt sie, lieber bald nach Hause fahren, weil es draußen schon dunkel werde. Ein Telefongespräch einige Tage später bestätigt meinen Verdacht. Sie leide, räumt Gerd, ihr Mann ein, seit mindestens vier Jahren an Demenz und verhalte sich seit-

her ganz anders als früher, eher kindlich-hilfsbedürftig. Kühle und Härte seien von ihr abgefallen. Ein erstes Anzeichen der beginnenden Krankheit meint er darin erkannt zu haben, dass seine Elisabeth schon vor Jahren in einen sich verschärfenden und letztlich unlösbaren Konflikt mit ihren politischen Mitstreitern geraten sei, da sie offenkundig nicht mehr in der Lage war, die Argumente anderer aufzunehmen, sondern egomanisch nur ihren eigenen Gedanken folgte. Sie erschien im Gespräch weniger kühl und sachorientiert als starr und unbeweglich, weil ihr die differenzierenden Fähigkeiten abhandengekommen waren, und ihre eigenen Genossen ließen sie ins Leere laufen.

Bei meiner Elisabeth deutete sich die Krankheit auf verblüffend ähnliche Weise an, doch wir haben die Phänomene damals zu wenig beachtet und nicht richtig eingeschätzt. In den letzten zwei, drei Jahren vor ihrer 2005 erfolgten Pensionierung lebte sie in einem ständigen Konflikt mit einigen ihrer sogenannten Kollegen, die – wie sie zu behaupten nicht müde wurde – ihren bisher freien Studien-Schwerpunkt „Ästhetik und Kommunikation" zugunsten einer technokratischen und nutzbringenden Ausrichtung des Fachbereichs liquidieren wollten. Sie entwickelte einen regelrechten Hass auf diese „niederträchtigen Verräter", mit denen sie über Jahrzehnte eng zusammengearbeitet hatte, fühlte sich von ihnen mit Falschheit und frechen Intrigen verfolgt und hat endlich die Fachhochschule auch schroff und ohne die üblichen Abschiedszeremonien verlassen, mit einer Härte, die eigentlich gar nicht zu ihr passte. Denn in all ihren etwa dreißig Frankfurter Dienstjahren hat Elisabeth sich stets „solidarisch" verhalten und niemals gegen den vorgegebenen linkspädagogischen Konsens und den Kollektivgeist aufbegehrt, so fragwürdig dieser auch sein mochte. Sie hat vielmehr, wie alle, brav Seminare über marxistische Ökonomie, den bürgerlichen Staat und die Geschichte der Sozialarbeit angeboten, wovon sie, ernsthaft betrachtet, zumindest anfangs kaum eine Ahnung hatte. Sie hat sogar den unsinnigen Beschluss mitgetragen, demzufolge jeder Student den Gegenstand seiner mündlichen Abschluss-Prüfung selbst bestimmen durfte, was die Dozenten zu aufwendiger Lektüre ihnen bislang unbekannter Schriften nötigte, die Studenten jedoch von der Pflicht befreite, Elisabeths Seminare überhaupt noch zu besuchen.

8. Mai 2018
Beim Brettspiel mit Enkelin Carla stellt sich heraus: Elisabeth beherrscht das schlichte „Mensch ärgere dich nicht" nicht mehr, sie macht ständig Fehler beim Würfeln, lässt die falschen Figürchen in die falsche Richtung laufen; gibt resigniert auf. Das lustige, die Erinnerung schulende, auf Überraschung setzende „Memory"-Spiel funktioniert mit ihr schon gar nicht mehr. Und selbst beim ebenso schlicht-schönen wie traditionsreichen „Domino"-Spiel, dessen Steine sich zu fantastisch mäandernden Mustern aus Elfenbein verbinden, legt sie ständig falsch an. Erste „Wortfindungs-Schwierigkeiten" sind nicht zu überhören. Vorhin hat sie angesichts einer Schale mit Trauben gefragt, wie „diese grünen Beeren da" wohl heißen. Und die großen roten, aus Italien stammenden Früchte, die auch bei uns im sommerlichen Garten wachsen – wie nennt man die wohl? Bei gelegentlichen Ausflügen in die Stadt nimmt sie kein Geld mehr mit, nicht einmal einen Zehn-Euro-Schein, um sich wenigstens eine Kleinigkeit zu kaufen. Befürchtet sie, das Geld zu verlieren? Sie hebt

auch kein Geld mehr von ihrem Bankkonto ab, vermutlich hat sie die Kontonummer oder die Geheimzahl oder beide vergessen und schämt sich, dies am Schalter auch offenzulegen. Und ganz gewiss hat sie die Fähigkeit zu einfachen Rechenoperationen verloren, und sie erkennt den Wert der Geldscheine auf Anhieb kaum mehr, was nicht nur am Fehlen einer Lesebrille liegen kann.

Ich darf sie guten Gewissens auch nicht mehr allein zur Musikschule schicken. Heute – ich war zufällig dabei – ist sie bereits auf dem Hinweg in der Gaisbergstraße ohne erkennbaren Grund vom Rad gestürzt; ihr sei schwindlig geworden, behauptete sie, während ich ihr aufhalf. Und den Heimweg konnte sie allein – nicht zum ersten Mal – nur auf weitläufigen Um- und Irrwegen und sehr verspätet finden. Jedenfalls kam sie erst beim Einbruch der Dunkelheit ohne das Fahrrad nach Hause und wusste nicht mehr, wie sie heimgefunden hatte. Am folgenden Tag rief mich ein Geschäftsmann an, der meinen Namen (wie ich den seinen) kannte. Er hatte Elisabeth gestern in der südlich benachbarten Ortschaft Leimen, auf der Hauptverkehrsstraße, in verwirrtem Zustand angetroffen. Sie hatte ihn nach dem rechten Weg gefragt, und der freundliche Mann hatte ihr ein Taxi nach Rohrbach gerufen und sie mit dreißig Euro ausgestattet. Und ich musste mich am nächsten Morgen zu Fuß nach Leimen aufmachen, um nach dem Fahrrad zu suchen, das ich erst nach Stunden unabgeschlossen in einem Hinterhof entdeckte.

7. Juni 2018
Heute habe ich Elisabeth schriftlich bei der sogenannten „Freien Musikschule" abgemeldet, worüber sich die dort lehrenden

Ignoranten auch noch freuen dürften, obwohl sie doch eigentlich auf pünktlich zahlende Privatschülerinnen angewiesen sind. Jedenfalls erreichte mich keine bedauernde Reaktion seitens der Schulleitung über den „herben Verlust", verbunden mit guten Wünschen für den weiteren Lebensweg meiner Gattin, wie das sonst üblich ist. Man wollte Elisabeth schon länger loswerden, weil sie auf dem Klavier keinerlei Fortschritte machte, auch manchmal zu spät oder gar nicht zum Unterricht erschien, da sie das Haus nicht fand. Ihrem kranken Gedächtnis freundlich, mit pädagogischer Geduld und musikalischer Heiterkeit ein wenig aufzuhelfen, mit Spiel und Improvisation und freien Tonfolgen, war für ihre Klavierlehrerin keine lohnende Aufgabe, sondern schlicht unter ihrer Würde. Man könne von ihr, einer Pianistin, doch nicht ernstlich verlangen, mit einer Dementen „Hänschen klein" oder „Alle meine Entchen" einzuüben, da sie ja anderes nicht mehr begreife. Sie behauptete sogar dreist, Elisabeth hätte das Klo der Freien Musikschule öfter in verkacktem Zustand zurückgelassen, nur um einen Grund zu finden, sie nicht mehr unterrichten zu müssen.

Vollkommen anders, nämlich liebevoll, verhalten sich die Frauen ihres Lesekreises. Obwohl Elisabeth den literarischen Sitzungen, die in wechselnden Wohnungen stattfinden, immer häufiger fernblieb, sei es, weil sie den Weg zum Treffpunkt nicht rechtzeitig fand und resignierte, sei es, weil sie die neuesten Romane, die in diesem Kreis diskutiert werden, nicht mehr verstand, den Gesprächen immer weniger folgen konnte und sich dadurch ausgegrenzt fühlen musste, riefen die Frauen doch mehrmals an und versicherten mir reihum, es wäre doch für alle schön und hilfreich, wenn Elisabeth, die früher eine so aufmerksame und genaue Leserin gewesen sei, von allen geschätzt, ja bewundert, ihren Treffen einfach nur beiwohnte.

9. Juli 2018
Mit Elisabeth bei den geduldigen Frauen vom Lesekreis, um mich dort zu meiner Poetik und anderen literarischen Verfahrensweisen, speziell zur Gestalt des Tagebuchs wie des Romans und aller Zwischenformen unter gegenwärtigen Bedingungen zu äußern. Auf dem Rückweg reagiert sie störrisch, sie weigert sich weiterzugehen. Legt sich endlich breit, ohne zu zögern, auf eine Sitzbank unterhalb des stillgelegten Steinbruchs und des Spielplatzes, höchstens fünfzehn Minuten von unserem Haus entfernt. Ich versuche sie vergeblich an den Armen hochzuziehen, gehe dann rasch weiter, weil mir ihr pures Daliegen so im Licht des Tages und vor aller Augen peinlich ist. Gebe jedoch vor, ich müsse weitergehen, um das Mittagessen vorzubereiten, es sei schließlich 14 Uhr. Als sie etwa fünf Stunden später noch immer nicht eingetroffen ist, treibt mich ein unbehagliches Gefühl der Verantwortlichkeit bergab – und tatsächlich liegt sie, ich sehe es von fern, noch immer dort auf der Sitzbank, die hart und etwas feucht vom Regen ist. Sie scheint zu schlafen oder zu dösen, sie befindet sich auf jeden Fall in einer anderen Welt. Ich beuge mich vor, stupse sie vorsichtig an, nur langsam kommt sie zu sich. „Sind wir im Pfälzer Wald eingetroffen?", lallt sie, nicht wissend, wo wir uns gerade aufhalten.

16. Juli 2018
Elisabeth ist auf ihrem Weg in die Stadt, vermutlich auf der stark befahrenen Rohrbacher Straße, schon wieder mit dem Rad ver-

unglückt und mit einem Krankenwagen in die Chirurgie transportiert worden. Gegen 1 Uhr in der Nacht trifft sie mit heftigen Rückenschmerzen per Taxi zu Hause ein; schafft es kaum die Treppe hinauf. Was genau wo geschehen ist, weiß sie nicht mehr, ebenso wenig, wo das Rad geblieben ist … vielleicht bei der Polizei, die auch hinzugezogen wurde. Elisabeth hat starke Schmerzen vor allem im Bereich des Beckens und der Hüfte, sie stöhnt, sie kann die Beine kaum noch bewegen. Da ihr auch das Aufstehen aus dem Bett selbst mit meiner Hilfe nicht gelingen will, rufe ich den Notarzt. Man verlegt sie zunächst in die Medizinische Klinik, dann in die Orthopädie, schließlich in das Bethanien-Krankenhaus, vermag aber nach diversen Untersuchungen nur eine schmerzhafte Prellung, vielleicht auch einen sehr kleinen Riss, jedoch keinen Bruch des Beckens festzustellen. Mit den Kindern wird endlich vereinbart, dass Elisabeth von nun an nicht mehr Rad fahren darf. Ihr altes, schweres Elektrorad wird umgehend verkauft, ohne dass sie Einspruch erhebt. Herber Einschnitt. Ende der Stadt-Ausflüge.

7. September 2018
Mit unseren erwachsenen Kindern im Auto unterwegs nach Edenkoben, dem historischen Weinort in der Vorderpfalz, an dem wir alle aus unterschiedlichen Gründen mehr oder weniger hängen. Elisabeth ist dort teilweise aufgewachsen, auch ihre Mutter hat bis zu ihrem Tod vor rund zwanzig Jahren in der Kleinstadt als Gärtnerswitwe gelebt. Elisabeth hat offenbar vergessen, dass ihre Mutter tot ist, denn sie fragt arglos: „Weiß die Oma, dass wir kommen?" Und fängt auf einmal an, im Pfälzer Tonfall, den sie früher streng vermieden hat, Verse aufzusagen, ja

ein Liedchen anzustimmen, das ich niemals zuvor gehört habe: „Jedes Ami-Hürle / hat e' Armbandührle / aber unsereins / hat keins." Die scheinbar naiven Reime könnten eine Anspielung auf ihre Mutter und die kargen Nachkriegsjahre in der Pfalz enthalten, als die „Ami-Hürle" von den anderen jungen Frauen verachtet und zugleich beneidet wurden.

11. September 2018
Alle paar Tage, wenn ich ihr nahelege, doch zur Belebung ihrer Hirnzellen ein wenig Klavier zu üben, auch ohne Unterricht, doch mit leichter Hand ein Liedchen zu improvisieren, behauptet sie gegen alle Wahrheit: „Wir haben kein Klavier", oder: „Ich habe keine Noten." Aber natürlich sei sie jederzeit in der Lage zu spielen. Und wie um die scheinbare Leichtigkeit des Klavierspielens zu demonstrieren, sagt sie in Mundart: „Loss doch einfach n' Has' drüberspringe." So drastisch reagierte sie früher nicht. Die Krankheit scheint Restbestände des Pfälzer Witzes und des alten Liedguts freizusetzen und aus ihr hervorzuholen, die sich hauptsächlich ums Essen und Trinken drehen, doch zu meinem Bild von Elisabeth nicht recht passen wollen. Etwa die grotesken Verse von den im Kochtopf hüpfenden Linsen: „Die Linse, die hibbe / drei Woche im Dibbe." Auch die Art, wie sie mit der Pflegerin, die ihr neuerdings beim Baden hilft, laut und ohne jede Hemmung Volkslieder und Schlager aus ihrer Jugend („Pack die Badehose ein"; „Wenn die Elisabeth / nicht so schöne Beine hätt") anstimmt, irritiert mich, obwohl das Singen für sie befreiend sein mag, also von mir ohne Frage zu respektieren, ja zu fördern ist. Nicht nur ein paar triviale Lieder, auch schräge Redensarten, die ich lange nicht mehr gehört habe, und ge-

heime Wünsche kommen so zum Vorschein. Erst kürzlich ist sie, als ich ihr Zimmer betrat, mit dem Ausruf erwacht: „Halli-hallo, wir machen einen Dreier!" Was mag sie damit gemeint haben? Wollte sie so Spontaneität und sexuelle Freizügigkeit andeuten, ein erotisches Bedürfnis, das sie seit Jahren negiert?

17. September 2018
Eine immer größere Bedeutung kommt der Wiederholung des ständig Gleichen zu, des leicht Wiedererkennbaren, kindlich Gereimten und Dialektalen, das sie zu bestätigen und zu beruhigen scheint und so etwas wie Normalität signalisiert. Dreißigmal dieselbe Frage, dreißigmal dieselbe Antwort. Spreche ich etwa von zu schälenden Kartoffeln, äußert sie umgehend das pfälzische Wort „Grumbeere", lege ich ihr ein gekochtes Ei vor, sagt sie jedes Mal „Gackgack", beklage ich mich über mangelnde Ordnung im Haus, antwortet sie zuverlässig mit „Ordugele muss sein", der dunklen Titelzeile eines Buches mit Irren-Texten, die aus der berühmten Sammlung Prinzhorn stammen. Und wenn ich ihr etwas Gutes zu essen bereite, brummt oder grunzt sie schon im Voraus erwartungsvoll, und ich muss das hinnehmen, obwohl mir die animalischen Laute widerstreben. Und doch eignet all diesen Regressionen und Tautologien („Wanns reschent, werds nass") auch etwas mich fast zu Tränen Rührendes und Naives aus ihrer und meiner kurpfälzischen Vergangenheit, aus der kleinen Welt unserer Vorfahren, der Bauern und Winzer, die längst ausgelöscht zu sein schien, nun aber wieder hervorbricht, wenn Elisabeth mit schöner Begeisterung singt:

„Ja so en gude Palzwoi,
der geht ähm in der Hals nei,
der laaft ähm dorch die dorschdisch Kehl,
do wird mer froh un kreuz-fidel."

26. September 2018
Wieder so ein heftiger Blutsturz, ähnlich dem vor einem Jahr, in Schüben hervorsprudelnd aus Elisabeths Nase. Muss sie flach hinlegen, das Blut mit nassen Lappen eindämmen. Muss das obere Bad, Flur und Treppe dreimal aufwischen mit frisch duftendem Spülwasser, den Badevorleger, die Bettwäsche und die Kleidung in die auf 60 Grad geschaltete Waschmaschine stopfen. Elisabeth, die sich nach jedem Missgeschick rasch ins Bett zurückzieht und sogar bei Sonnenschein den Garten meidet, die Straße sowieso, hospitalisiert sich auf diese Weise selbst, sie wird offenkundig mürber, acht- und kraftloser, ihre Muskeln erschlaffen, und ich kämpfe vergeblich dagegen an. Sie wurde, schon aus Trägheit, auch die blutbefleckten Kleider wieder anziehen, würde ich sie ihr nicht wegnehmen. Ich nötige sie zum Klavier hin, auf dem sie planlos herumklimpert.
Nachts, wenn sie aufs Klo geht, was relativ häufig geschieht, verirrt sie sich manchmal auf dem schmalen finsteren Flur und poltert gegen die Türen, bis ich erwache, rauskomme und sie an der Hand in ihr Zimmer führe, nachdem ich ihr Nachtlämpchen, eine Art Kleinkinderlicht, angeknipst habe. Ich schreibe mit Filzstift in großen Lettern „KLO" an die Tür zur Toilette. Spüle die Kacke runter und bürste nach.

Zwischen uns herrscht das tägliche Schweigen, eine alles umfassende, jeden Winkel des Raumes ausfüllende Stummheit, die, falls überhaupt, nur sehr schwer zu durchbrechen ist. Worüber könnten wir uns unterhalten? Die oft witzigen und seltsam poetischen Dialoge mit seinem greisen, an der Alzheimerkrankheit leidenden Vater, die Arno Geiger 2011 in seinem Erfolgsbuch „Der alte König in seinem Exil" vorstellt, machen auf mich einen eher fiktiven Eindruck. Die geradezu königliche Würde des schwer dementen Dörflers scheint mir eine literarische Konstruktion zu sein, die jedenfalls zu meinen Erfahrungen nicht passen will. „Wie die Zeit wegtickt", bemerkt Elisabeth immerhin mit Blick auf den alten blauen, leicht gestörten Küchenwecker und meint, es ticke ja eigentlich aus ihrer Brust heraus, ob ich das nicht höre? ... oder doch eher aus dem brummenden Kühlschrank, der flackernden Deckenlampe, der Wand, über die gerade ein langbeiniger Weberknecht pendelt? Auch das zukünftige Rest-Leben wird für uns kaum angenehmer als das heutige ausfallen, zumal dann, wenn es mir einmal schlechter gehen sollte. Vermutlich wird sich alles weitaus schriller, anstrengender, härter gestalten. Wir werden uns, wie alle Alten, aneinander reiben und uns bei Gelegenheit die Gesichter zerkratzen, bis man uns in die Gitterbetten sperren wird. Wir werden uns vor dem Tod fürchten, am Zaun rütteln, in die Hose scheißen und nicht sterben wollen. Wir werden uns vielleicht wie Menschenaffen aneinander klammern. Was wird Elisabeth davon noch mitbekommen? *Was geht in ihr vor?*
Wir haben, will mir oft scheinen, die uns zugedachte Lebenszeit über das natürliche Maß hinaus so weit verlängert, dass wir fast

notwendig an Krebs erkranken oder dement werden (nicht selten sogar beides).

4. Dezember 2018
Ich kann, besonders wenn ich in der Stadt unterwegs bin, die Befürchtung nicht abweisen, dass sich Elisabeths Lage gerade jetzt verschärft ... als würde sich dort, während ich mich, mit Esswaren beladen, beeile und schon auf dem Heimweg bin, etwas zusammenbrauen und bedrohlich auf uns zukommen. Als ich gegen 22 Uhr zu Hause eintreffe, brennt im ganzen Erdgeschoss das Licht, ich sehe es schon von Weitem. In der Küche glühen eine der Herdplatten und der Backofen. Elisabeth liegt oben in ihrem Bett, sie scheint geschlafen zu haben und weiß von nichts. Auf ihren schwabbeligen Bauch deutend, fragt sie ernsthaft: „Hatte ich da je Kinder drin?" Etwas später steht sie ungemütlich mitten in der Küche, unfähig zu irgendeiner praktischen Mithilfe. Etwa Geschirr abtrocknen? Sie weiß nicht mehr, in welchem Schrank sich Teller und Tassen befinden, wo Messer und Gabeln aufbewahrt werden. Und wo steht die allzeit begehrte, von mir versteckte Milch? Mit einer gewissen kindlichen Verschlagenheit schafft sie es immer wieder, sich einer Tätigkeit in der Küche und im Haus oder einem kleinen Spaziergang zu entziehen, mir ein Stück Schokolade, den Enkeln ein Osterei wegzuschnappen.

Für Elisabeth gibt es keine Gewissheiten mehr. Zeit und Raum lösen sich vor ihren Augen auf, sie entziehen sich ihr zumindest dauernd, ja sie scheint in einem Reich zwischen Schlaf und Wachen zu schweben. Beim Mittagessen fragt sie mich, wo denn die anderen Menschen sind, die mit uns im Haus leben, deren Stimmen sie gelegentlich höre? Sie entstammen ihrer Traum- und Geisterwelt, denn hier wohnen seit dem Auszug der Kinder nur wir beide. Die plärrenden Medien, etwa das ständig plappernde und moralisierende Kulturradio, sind für sie nur ein fernes Summen und Rauschen, ein Flügelschlag aus dem Äther. Oft versteht sie die Botschaft nicht, hört kaum noch hin. „Abschalten!", befiehlt sie auch dann, wenn (selten genug) literarische oder philosophische Texte über Paul Celan und Martin Heidegger oder kulturhistorische Erklärungen von Musikstücken oder Filmen zu hören sind, die sie früher gierig aufgesogen hat. Dagegen setzt sie unbewusst die relative Geborgenheit, die Haus und Bett und vermutlich auch die Gegenwelt des pfälzischen Dialekts, der Reime und Volkslieder und selbst ich als ihr seit Langem „irgendwie" Vertrauter für sie verbürgen – ein Stück Nähe und Heimat, halbwegs sichere Orte in einer immer weniger durchschaubaren Welt. Es sind Muster der frühen Kindheit, die ihr Halt zu geben scheinen und die auch am längsten erhalten bleiben. Manchmal denke ich, sie ist als alte Frau, fast eine Kopie ihrer Mutter, gestorben und als träges Kleinkind wieder auferstanden. „Was man sich doch alles so überlegt als Kind, als elternloses", murmelt sie vor sich hin und fragt mich dann treuherzig: „Wo leben eigentlich deine Eltern? Warum besuchen wir sie nie?"

26. Dezember 2018
Kinder, Schwiegerkinder und Enkel haben sich bei uns im weihnachtlich geschmückten Wohnzimmer um den dürren, etwas schäbigen Tannenbaum versammelt und verteilen untereinander Geschenke. Alle bemühen sich, freundlich zu sein. Selbst

Elisabeth verdrückt sich nicht vorzeitig, wie sonst so häufig. Sie nähert sich vorsichtig kriechend dem umher krabbelnden Baby ihres Sohnes wie einem fremdartigen, rätselhaften Wesen. Sie fixiert es mit den Augen, tippt es mit dem Finger an, als wolle sie sich versichern, dass es lebendig ist, Stella, ein neuer Mensch, ein Mädchen und keine Puppe. Doch als alle gegen Abend aufbrechen, will sie mit ihnen „nach Hause" gehen. Für den Augenblick scheint sie völlig vergessen zu haben, dass dies hier ihr Heim und Haus ist, das sie mit mir restauriert hat und seit über dreißig Jahren bewohnt. Sie fragt mich nach dem Namen der Straße, an der unser Haus liegt, sowie nach der Hausnummer; sie schaut mich an, als hätte sie den Namen „Kühler Grund" noch nie gehört. „Wohnen wir wirklich hier?" Ihre Konzentration lässt sichtbar nach. Je später der Tag dauert, umso häufiger hält sie mich für ihren Vater, wechselweise auch für ihren Bruder oder Onkel. Manchmal habe ich mich im Verdacht, diese große Hilflosigkeit, diesen Verlust an Geistesklarheit nicht ernst genug zu nehmen und sowohl mir gegenüber als auch nach außen so zu tun, als könnte ich die Situation einfach überspielen.

Am folgenden Morgen widmen wir uns einmal mehr ihren bös aufgekratzten Beinen, für deren Zustand nicht sie, sondern angeblich eine ihr auf der Straße entgegenfahrende städtische „Kehrmaschine" verantwortlich sein soll. Sie scheint das nicht mit einer Prise Selbstironie zu sagen, sondern völlig ernst zu meinen. Nicht nur die Borsten der „Kratzmaschine" hätten die Haut ihrer Beine verletzt, das städtische Fahrzeug hätte beim Überholen auch Funken versprüht. Ob wir nicht ihren Bruder, der doch Arzt sei, um Rat fragen könnten. Dabei hat sie keinen Bruder, und mit Arzt ist wohl unser Sohn gemeint. In der Folge erinnert sie auch die Eigenheiten ihrer Kinder und Schwiegerkinder nicht mehr, von deren Berufen und Geburtstagen ganz zu schweigen, und erneut verwechselt sie ihren Sohn mit ihrem Enkel. Ein wenig verunsichert fragt sie: „Der Moritz wohnt doch hier bei uns?" Nein, höre ich mich antworten, er lebe seit vielen Jahren als Klinikarzt in Darmstadt und habe erst gestern ihre Kratzwunden als solche beurteilt. Etwas später fragt sie ganz unbefangen: „Hast du meine Mutter noch gekannt?" – „28 Jahre lang", antworte ich etwas genervt, „bis zu ihrem Tod."

20. Januar 2019
Um Elisabeth war, als wir uns kennenlernten (sie drang, just an meinem 30. Geburtstag, in mein Hinterzimmer ein, in dem ich mich vor der Welt oder der Gesellschaft versteckt hatte, nicht ich in ihres), ein Hauch von Wehmut und Tragik. Sie hatte Eigenschaften einer nordischen Sagenfigur, von der Art, wie ich mir Brunhilde vorstellte – so empfand ich es jedenfalls damals: eine kräftige, zugleich schlanke Figur, schwarzes Haar und blaue Augen. Sie war fast immer ernst und klar und neigte zu entschiedenem Handeln, zu einer gewissen Strenge sich und anderen gegenüber, die nicht mitzogen. Unsere gemeinsamen Jahre, beginnend mit dem Abschluss ihres Studiums der Romanistik, den weithin leuchtenden, auch unser Dasein bereichernden Ereignissen von 1968 und den Folgen der Jugendrevolte in allen gesellschaftlichen Räumen, in Schule und Universität, in Kunst und Literatur, auch unsere sogenannten „Forschungsreisen" durch Frankreich und Spanien auf den Spuren der letzten Anarchosyndikalisten, die wir noch lebend und bei Verstand antrafen, die Geburt unserer Kinder, der Erwerb des Hauses – all diese und weitere Erfah-

rungen zeichneten sich, oft begleitet von lautstarken Auseinandersetzungen und heftigen Krächen, durch ein geistiges Niveau und ein intensives Zusammenleben aus, das bis etwa 2005, zum Jahr ihrer Pensionierung währte. Um diese Zeit verschattete sich unsere Beziehung, auch das körperliche Begehren erlosch. Der Kauf des abgelegenen Hauses am Kühlen Grund und dessen Umbau, das Bestellen des verwahrlosten Gartens, der Bau von Sandsteinmauern und das Anlegen von Terrassen mögen über die Jahre hin dazu beigetragen haben, dass eine gewisse Entfremdung entstand. Als Herr der Pflanzen liebte ich die Gartenarbeit in freier Luft, während sie für Elisabeth immer mit einem im Elternhaus erfahrenen Zwang verbunden blieb, den sie weitergab.

22. Februar 2019
Elisabeth beherrscht nicht nur das Lesen von Zeitungen und Büchern sowie das Bestimmen der Uhrzeit kaum noch, oder allenfalls unter Mühen, die sie sich aber nur ausnahmsweise macht, meist dann, wenn ich sie dazu nötige. Sie buchstabiert den entsprechenden Satz dann wie ein Schulanfänger. Vorhin verstand sie es nicht, das handschriftliche Wort „Landliebe" auf dem Joghurtbecher zu entziffern. Auch gelingt es ihr immer seltener, die Schrift der Vorfahren, Bilder, vertraute Fotos zu lesen, die ihr vorgelegt werden. Auf den Familienfotos der Weihnachtszeit erkennt sie anfangs ihre Kinder und Enkel nicht, jedenfalls kann sie die einzelnen Personen nicht richtig benennen. Schau doch mal genau hin, sage ich etwas lehrerhaft: Ist dieses junge Mädchen jetzt Line oder Paula oder Carla? Sich selbst verwechselt sie mehrmals mit ihrer seit vielen Jahren toten Mutter, der sie im Alter tatsächlich immer ähnlicher sieht.

Doch dann fängt sie plötzlich zu singen an, mit leuchtender Stimme, eine Glücksmelodie, die einen nicht mehr ganz verlässt, ein Schlaflied mit extremen Höhen und Tiefen, das ich so noch nie von ihr gehört habe; ein Lied der Nachtigall. Sie, ihr ganzes Wesen, lebt irgendwie darin. Ihr Gesang ist glockenrein und scheint alle Vorstellungen von Krankheit zu widerlegen:

> „Abendstille überall,
> nur am Bach die Nachtigall
> singt ihre Weise
> klagend und leise
> durch das Tal."

5. März 2019
Es ist etwa zwei Uhr in der Nacht. Im Halbschlaf höre ich eine Frauenstimme, die anhaltend um Hilfe schreit. Es dauert eine Zeit, bis mir klar wird: Es ist ja Elisabeths Stimme, die ich da höre. Ich rapple mich hoch, wanke über den Flur in ihr Zimmer. Sie steht im finsteren Raum am geöffneten Fenster, das von außen durch die Straßenbeleuchtung in ein milchiges Licht getaucht ist. „Hilfe, Hilfe! Hört mich denn niemand?", schreit sie in die Nacht hinaus. Wahrscheinlich konnte sie den Weg zur Tür und zum Lichtschalter nicht finden und verirrte sich auf engstem Raum zwischen den Möbeln. Auch nachdem ich das Licht eingeschaltet habe, sie bei der Hand nehme und in den Flur führe, bleibt sie desorientiert stehen. Sie weiß gerade nicht mehr, dass das Klo, das sie eigentlich aufsuchen wollte, nur zwei, drei Meter vor ihr liegt.

11. März 2019

Unterm Dach, in Elisabeths früherem Appartement, ihrer langjährigen Wohn- und Arbeitsklause, aus der ich sie erst kürzlich, vor allem der steilen Treppe wegen, ein Stockwerk tiefer, in meine Nähe verbannen musste, stehen aufrecht die Wände entlang etwa fünfzig Aktenordner, voll mit Fotokopien, Notizen und Exzerpten aus Publikationen zu einer Geschichte der Heidelberger Germanistik. Sie hatten den Zweck, Elisabeths großer wissenschaftlicher Arbeit als Basis zu dienen, ein stolzer Plan, den sie schrittweise aufgeben musste und inzwischen restlos vergessen hat (was auch gut für sie sein mag). Staubflusen liegen auf ihnen, Spinnweben überwuchern sie, und man gewinnt den Eindruck, alles schläft hier wie im Märchen. Gewiss noch einmal so viele Leitz-Ordner lagern im Kellergeschoss des Hauses. Ihr Inhalt vergilbt und zerfällt zu Staub und hat längst den dort herrschenden Modergeruch angenommen.

Um all die Staubfänger (oder auch nur einige von ihnen) wegzuwerfen, müsste ich mir einen so gewaltigen Ruck geben, den ich wohl nie werde aufbringen können. Und Scheu ist gewiss auch im Spiel, da ich weiß, wie wichtig ihr diese Exzerpte waren, wie viel Mühe ihr deren Auffinden, Auswerten und Abheften bereitet hat. Ein guter Teil ihres versunkenen geistigen Lebens ruht darin.

28. März 2019

In eiskalter Frühe, gegen halb Sechs, treibt mich ein ungewohnt wildes Klingeln an der Haustür aus dem Schlaf. Nach einer Schreckenspause wanke ich über den Flur zur Sprechanlage. Die Polizei steht unten am Tor, zwei Leute, groben Tons, sie haben Elisabeth mit nackten Beinen und Füßen, nur mit einem dünnen Hemd und Unterhose bekleidet, im Zentrum Alt-Rohrbachs beim historischen Rathaus aufgegriffen und mir zurückgebracht. Es ist also eingetroffen, was für die Alzheimer-Krankheit als typisch angesehen wird, nämlich das scheinbar unmotivierte und ziellose „Weglaufen" – im Fall Elisabeths ist es das erste und vermutlich nicht das letzte Mal, eine neue Entwicklung, auf die ich nicht ausreichend vorbereitet bin. Was soll ich künftig tun? Die Tür abschließen, gut – aber welche? Die zum Zimmer, zur Wohnung, zum Haus führt? Am besten sperre ich das an die Straße grenzende Eisentor ab. Oder sollte ich mich nicht endlich um eine Betreuung rund um die Uhr kümmern, also jemanden einstellen, eine Polin oder Rumänin vielleicht, die dann mit uns hier im Haus auch wohnen müsste – eine mir extrem unangenehme Vorstellung. Lieber überwinde ich mich und übernehme alles, auch die sogenannte Schmutzarbeit, selber.

Barfuß, ohne Hose und Jacke, ist sie wie eine einsame Märchen- oder Sagenfigur allein durch die Kälte der Nacht gelaufen, den Kühlen Grund hastig abwärts über Stock und Stein huschend, mit wunden Füßen, obwohl sie eigentlich jede körperliche Anstrengung vermeidet und am liebsten das Bett gar nicht verlässt. Was mag sie auf dem um diese Zeit unbelebten Dorfplatz gesucht haben, wo sie sich auf einer der Bänke ausruhte und einem vorbeieilenden Zeitungsboten auffiel, der die Polizei benachrichtigte? Woher nahm sie plötzlich diese Kraft für den beschwerlichen Weg, die ihr sonst zu fehlen scheint? Den beiden Polizisten fiel Elisabeths Demenz nicht auf, sie schienen eher auf „häusliche Gewalt" zu tippen, so als hätte ich meine arme Frau zur Nachtzeit mit Schlägen aus dem Haus getrieben, und blickten mich anfangs grimmig an, suchten auch in der Wohnung nach Spuren von Gewalt.

Wenn sie nun aber, statt ins Ortszentrum, einfach in den nahen Wald gelaufen wäre, wo man sie bestimmt nicht so schnell gefunden hätte, sich in einer Lichtung in das feuchte Gras oder auf altes Heu oder zwischen frisch gefällte Baumstämme gelegt hätte … Wenn sie dort im ersten Vogelgesang eingeschlafen und ganz langsam erfroren wäre, wie es der einsamen und depressiven Schweizer Schriftstellerin Adelheid Duvanel vor wenigen Jahren sogar mitten im Sommer gelang …

5. April 2019
Bange Stimmung, seit es mit Elisabeth so steht, dass sie sich einfach auf den Weg macht, tief nachts und so leise, dass ich es nicht bemerke, und auch hinterher weder Grund noch Ziel ihrer „Flucht" oder ihres „Ausbruchs" oder ihrer „kleinen Reise" angeben kann. Ist es Verdrängung oder legitime Selbstrettung, wenn ich in dieser Lage versuche, mich auf das Schreiben zu konzentrieren, mich in die Gartenarbeit stürze oder die körperliche Nähe der Enkel suche? Ja, es ist offensichtlich so, dass ich dieses Leben nur aushalten kann, wenn ich es zu meinem wichtigsten Schreibprojekt mache. Mit dem Weglaufen könnte Elisabeth angedeutet haben, dass sie sich bei mir nicht mehr zu Hause, nicht mehr geborgen fühlt, meine ständigen Ermahnungen und Fragen als lästig empfindet; dass sie unseren Gesprächen nicht mehr folgen kann, dass sie die Zeitungen und Bücher, die ich ihr immer noch hinlege, nicht mehr versteht. Dass sie unsere selbstgerechten Gesichter, Menschen zugehörend, die sie ständig bevormunden, kaum noch erträgt und sich bei uns wie im Exil

oder sogar wie im Lager oder im Knast fühlt, also eingesperrt wähnt. Dass sie jedenfalls definitiv und für alle Zeit aus der modernen, angeblich vernünftigen Leistungsgesellschaft ausgeschieden ist und dass die sogenannte objektive Wirklichkeit ihrem Wesen und ihren Vorstellungen nicht mehr entspricht.
Das Tor zur Straße halte ich nun tagsüber wie bei Nacht verschlossen (falls ich es nicht vergesse, was ab und zuvorkommt). Auch wenn ich das Haus nur kurz, etwa um einzukaufen, verlasse, schließe ich zu meiner Beruhigung ab.

Traumbilder (verbunden mit deutlichem Knistern und Laubrascheln): Bin im Garten auf und ab gegangen, manchmal sogar auf Knien umhergekrochen den Tag über, die Nacht ums Haus im Dreck, im Wind, im feinen Sand des Bachbetts, im Gebüsch mit dem Jutesack, darin Vorräte für die kommende Krise (Bananen, Konserven), oder Medikamente oder Küchenabfälle für die Tiere aufgesammelt. Das reicht wohl aus für die anstehenden Wochen vorm großen Wassereinbruch vom Rheingraben her, der rasant steigenden Flut, dem Jahrhundert-Hochwasser, der Seuche, dem Orkan ausgeliefert. Muss aufpassen, dass Elisabeth sich nicht rückwärts im Urwald verläuft, wo sie doch die Orts- und Straßenschilder nicht mehr entziffern kann, dass sie Wollstrümpfe trägt und kräftige Gummischuhe auf den schlammigen Fluchtwegen, Holzwegen, Hohlwegen, Pfützen, in denen wir keuchend stecken zu bleiben drohen, ständig bergauf.

10. April 2019
Ich ertappe mich dabei, wie ich, wenn ich länger von Elisabeth kein Geräusch vernommen habe, kein Niesen, Husten, Türknar-

ren, im Flur vor ihrer geschlossenen Zimmertür Position beziehe und vorgebeugt lausche, ob sie noch atmet, in wachsender Angst und selbst mit angehaltenem Atem horchend, wie ich mich früher meiner Mutter und auch meiner Schwiegermutter auf Zehenspitzen näherte, wenn sie abends mit der Zeitung auf dem Sofa oder beim Fernsehen eingenickt waren und ich auf ein feines, kaum merkbares Schnaufen, Röcheln oder ein Rascheln des Zeitungspapiers wartete, auf ein Heben und Senken der Brust, auf irgendein Zeichen, das mir bestätigte, dass sie noch lebten.

Abgründe, in die kein Lichtstrahl hinabreicht – eine Berghöhle, ein Tunnel, in dem Stimmen und Geräusche widerhallen, ein Verlies, Abwasserrohre, ein offener Brunnen- oder Kanalschacht, sogar ein Fuchsbau, selbst ein Rattenloch, enthielten für mich schon immer Bilder des tiefen Schreckens und der versunkenen Urzeit verborgen, einer nur scheinbar untergegangenen Welt mit feuchten, von den Ahnen beschrifteten und bemalten Felswanden, die mir trotz aller Anstrengung verschlossen blieb oder sich mir nach einem kurzen Lichtblick wieder entzog, und all meine Versuche, aus dem Schlamm- und Staubfluss einige Erinnerungsfetzen heraufzuholen mit kreiselnden Worten und Sätzen – einen Tier- oder Menschenlaut, einen Atemstoß, eine Liedzeile, einen Schädelknochen, ein Steinwerkzeug, ein Wandgemälde im Fackelschein wenigstens – führten in der Regel zu nichts. Mit schiefem Kopf lauschte ich, über den magischen Abgrund gebeugt, dem gleichförmigen Tropfen des Wassers, einem fernen unterirdischen Sägegeräusch.

20. April 2019

Manchmal spricht eine so sagenhafte wie schwer verständliche Heiterkeit und Unbeschwertheit aus Elisabeth, das gütige, grundgute Wesen eines schlichten Mädchens vom Land, als hätte sie mit der sie langsam vernichtenden Krankheit gar nichts zu tun. Die Sanftheit, mit der sie mir ab und zu über die Haare oder die Wange streicht, überrascht und beschämt mich jedes Mal. Solche Gesten warmer Zuneigung, auch Aussprüche wie: „Du bist ein lieber Mann" oder „du bist ein schöner Mann" sind mir von früher nicht bekannt, oder sollte ich sie nach all den gemeinsamen Jahren vergessen haben? Jedenfalls versucht sie öfter als früher, auf eine unbeholfene Art zärtlich zu sein, Hand in Hand, mich anzulächeln oder spontan zu umarmen, was ich in meiner erbärmlichen Steifheit, unter Verweis auf ihre angeblich kalten Hände, fast immer abweise. Ich entziehe mich ihr, die mir vielleicht in ihrer kindlichen Hilfsbedürftigkeit nur ihre Dankbarkeit dafür bezeugen will, dass ich mich um sie kümmere, sie nicht allein lasse und sie nicht in ein Heim abschiebe – ein Versuch, Zuwendung nicht nur zu empfangen, sondern auch weiterzugeben.

Andererseits vermute ich, sie würde sich, angesichts zunehmender Trägheit, ohne größere Probleme im Heim einleben und mich kaum vermissen, vielleicht sogar schnell vergessen ...

3. Mai 2019

Unser alter Bücherfreund und Antiquar, Tom, ist mit dem Rad schwer verunglückt, er ist mit dem Kopf gegen einen Fahnenmast geprallt und liegt nun mit offener Schädeldecke seit Wochen im Koma. Als ich Elisabeth dies berichte, reagiert sie absurd: „Ein Enkel weniger", sagt sie trocken. Es klingt so grausig und gefühllos, als wünsche sie den Tod Toms, den sie immer gemocht hat und der natürlich nicht ihr Enkel ist, geradezu herbei.

25. Mai 2019
Heute habe ich Elisabeth zum ersten Mal in die Tagesbetreuung nach Kirchheim, in das Mathilde-Vogt-Haus gebracht, weniger um für ein paar Stunden „meine Ruhe zu haben", wie man vermuten könnte, als um *sie* ein wenig aus dem Bett heraus und nach draußen, „unter die Menschen" zu bringen. Und es schien ihr dort zumindest nicht zu missfallen, obwohl es doch, wie fast alle diese Einrichtungen für die Alten, ein etwas grauer, auf den ersten Blick trister, nach Elend und Mittagessen riechender Ort ist. Aus meiner Sicht eine Ansammlung teilweise debiler, auf jeden Fall überflüssig gewordener Leute, vorwiegend Frauen, die zu viel allein und dabei sind, den Verstand zu verlieren, oder ihn bereits verloren haben. Die Örtlichkeiten: ein wenig einladender, abgedunkelter Ruheraum, den man zuerst passiert, und ein großer, bei Sonnenschein sogar heller Gemeinschaftsraum, in dem auch gegessen wird, eine kleine Küche, ein Büro. Viel anderes scheint es, außer einem großen Hinterhof, vielleicht geeignet für Sommerfeste, nicht zu geben. Die Betreuerinnen machen sich Mühe mit den überwiegend freundlich dreinblickenden Alten, zu denen ich eigentlich selbst gehöre. Einige hockten schief in ihren Rollstühlen und mümmelten Kuchen. Das ungute Gewissen, Elisabeth, wenn auch nur für kurze Zeit, abgeschoben zu haben, schlich sich ein, es setzte mir zu, obwohl es in dem Fall unangebracht war. Ähnlich wie früher, als ich die wimmern-

de Line im antiautoritären Kinderladen zurückließ. Sie stand auf der Mauer und winkte und rief mir nach, und ich trug das klägliche Bild mit mir und machte mir Vorwürfe, statt die freie Zeit zu nutzen.

16. Juni 2019
Besuche mit Elisabeth meinen ehemaligen Schulkameraden Wolfgang in seinem Haus im Odenwald. Wolfgangs Frau Urte ist seit Jahren schwer dement. Sie geht, an der Hand geführt, extrem verkrümmt und schleppend und redet so gut wie nichts. Ihr Blick ist starr, leer. Alle Angriffslust, unter der Wolfgang so gelitten hat, aber auch alle öffentlich demonstrierte Energie ist von ihr gewichen. Unklar, was sie von unseren Gesprächen über die ferne Schulzeit noch mitbekommt. Seit sie inkontinent ist und Windeln trägt, hat Wolfgang eine Polin zu ihrer ständigen Betreuung engagiert. „Urte braucht nicht mehr aufs Klo zu gehen", bemerkt er zynisch.
Elisabeth schweigt zu Urtes Elend, aber ich merke ihr die Betroffenheit an, spüre, wie sehr sie Urtes körperlicher und geistiger Verfall, der den ihren weit übertrifft, beschäftigt. Ob sie wohl denkt, zum Glück bin ich (noch) nicht so wie sie geworden, ein Stück Holz? Und was kommt da möglicherweise auf mich zu?

25. Juni 2019
Elisabeth deutet auf vier zusammenhängende Passfotos unseres Sohnes. „Wer ist dieser junge Mann?", fragt sie arglos. „Oder sind es vier verschiedene Männer?"
Und unsere Tochter Line, sie ist Oberstudienrätin und dreifache Mutter, fragt sie: „In welchem Schuljahr bist du eigentlich?"

„Hatten wir je Eltern?", will sie wieder einmal von mir wissen. „Und leben sie noch? Sollten wir sie nicht besuchen?"

28. September 2019
Ein kleines Wunder: Elisabeth folgt unserem Enkel Jakob brav in den Garten und beschneidet mit ihm den das Hochbeet überwuchernden Efeu, Farnkraut, eine grüne Wildnis. Sie arbeitet so sorgfältig, wie sie es früher getan hat, nur viel langsamer, eine dreiviertel Stunde lang, ohne einen Fluchtversuch zu unternehmen, bis alles sauber ist. Ich bin stolz auf sie, lobe sie, berichte es allen Freunden. Doch schon am folgenden Tag scheitere ich mit dem Versuch, sie wieder zur Arbeit in den Garten zu locken.

13. Oktober 2019
Heute kehrt sie zum ersten Mal von der Tagesbetreuung zurück mit verkackter Unterhose und verkackten Jeans, über die man ihr eine weite Windelhose gestreift hat. Sie stinkt. Ich muss sie in die Badewanne nötigen, die Kleider mit der Hand vorwaschen, den Boden aufwischen. Wenn sich das wiederholt, was sehr wahrscheinlich ist, wird man sie, fürchte ich, dort nicht länger behalten. Und was dann? Sie sieht das Problem überhaupt nicht, versucht, die hochpeinliche Situation lachend herunterzuspielen, hat sie fast schon vergessen. Was denn los war, fragt sie arglos, was ich ihr denn vorzuwerfen habe? Und weiß es wirklich nicht mehr, zeigt jedenfalls keine Spur von Schamgefühl. Nein, überhaupt keines.
Und bereits am folgenden Morgen beim Frühstück folgt der nächste Tiefschlag in Gestalt eines mich alarmierenden Fragesatzes, den sie, da ich betreten schweige, ruhigen Tons mehrmals

wiederholt: „Bist du mein großer Bruder?" Es ist, glaube ich, erst das zweite Mal, dass sie mich so offensichtlich *verkennt*, mich mit einem gleichsetzt, den sie sich einmal gewünscht haben mag, den es aber praktisch nie gab. Oder ist es eher ein Zugewinn für mich? In ihren Augen bin ich eben mehrere, spiele abwechselnd ganz verschiedene Rollen: Geliebter, Bruder, Vater ...

Anderntags fragt sie mich unvermittelt: „Hast du einen Geliebten?" Vielleicht befürchtet sie, dass ich eine geheime Freundin habe und wagt das nur in der männlichen Form auszudrücken. Ich bin, zu meinem Erstaunen, extrem irritiert, reagiere kindisch gekränkt: Sie kann mich doch nach all den Jahren nicht im Ernst für homosexuell halten. Erst kürzlich behauptete sie mitten im Gespräch wie nebenbei, ich unterhielte doch ein verborgenes Zimmer in der Nähe des Hauptbahnhofs ... Sie schien sich ganz sicher zu sein. Wie kommt sie auf solche abwegigen Gedanken?

Da ihr Gedächtnis nicht mehr recht funktioniert, ihr also keine Anhaltspunkte und keine verlässlichen Bilder mehr liefert, muss Elisabeth sich notwendig durch Fragen vergewissern, wer gerade um sie ist. So könnte ich tatsächlich ihr Vater, ihr Onkel, ihre Mutter oder sonst wer sein, eben einer, der sich kümmert. „Der Babbe werds scho richte / des ghert zu seine Pflichte," singt sie pfälzisch vergnügt vor sich hin, als wollte sie mich in meiner Aufgabe bestärken.

20. Oktober 2019
Immer wenn Elisabeth in letzter Zeit auf der Toilette war, stand anschließend eine Plastikflasche der Firma Schauma, die Anti-Schuppen-Shampoo enthielt, neben ihr auf dem Waschbecken-

rand. Um die Flasche dort zu platzieren, musste Elisabeth, die Anstrengungen meidet, aufstehen und sich mühsam über die Badewanne hinwegbeugen. Ich fragte mich, ob sie das Shampoo vielleicht zum Waschen etwa ihres Intimbereichs benutzte. Bis ich darauf kam: Es konnte eigentlich nur der auf der Schauma-Flasche abgebildete junge Mann sein, der ihr so gefiel. Er war blond und hübsch, hatte blaugraue Augen und einen zarten Drei-Tage-Bart. Offenbar fand sie seine Jugend anziehend, seine glatte Schönheit reizvoll, und wollte ihn ganz in ihrer Nähe haben.

25. Oktober 2019

„Drei Zigeuner fand ich einmal
Liegen an einer Weide,
Als mein Fuhrwerk mit müder Qual
Schlich durch die sandige Heide …"

Elisabeth singt sämtliche Strophen des schwermütigen Zigeunerlieds von Nikolaus Lenau in der schlicht-schönen, die Erinnerung weckenden Melodie Theodor Meyer-Steinegs mit dunkler Alt-Stimme, so beseelt und ergreifend, dass unsere Tochter in Tränen ausbricht. Wenn sie als Kind nicht einschlafen konnte, habe sie es ihr geduldig genauso vorgesungen. Wie auch die anderen Schlaflieder …

7. November 2019

Täuscht mich der Eindruck, dass ich Elisabeths Tagesbetreuung in Kirchheim meide, ja scheue, einen Ort, den sie immerhin seit einem halben Jahr zweimal in der Woche aufsucht? Wir haben auch das heitere Sommerfest im Hof und eine Schiffsreise auf dem Neckar ausgelassen, weil ich nicht mitkommen wollte. Trägt mein Hochmut daran schuld, Berührungsangst, oder will ich Elisabeth, die ja noch immer ziemlich gut und gesund aussieht mit ihrem dichten weißen Haar, in einer so grauen und altersmürben Umgebung lieber nicht sehen, zwischen diesen oft schon sehr krummen und hinfälligen Gestalten? Wie mag sie in dieser schlichten Zwischenwelt zurechtkommen und sich behaupten? Ging es ihr in einer vornehmen „Senioren-Residenz" besser? Und ständig die Frage: Was geht in ihr vor? Reflektiert sie ihre Situation wenigstens in Ansätzen noch?

Als ich die im Parterre gelegenen Räume der Tagesbetreuung gegen 11 Uhr betrete, unterscheide ich etwa zwanzig Gestalten, vorwiegend Frauen, im „Ruheraum", der jedoch heute, anders als bei meinem letzten Besuch, ganz hell und freundlich erscheint. Sie sitzen im Kreis, mit einer Art Gymnastik beschäftigt, alle dehnen den Oberkörper, recken die Arme, lachen. Elisabeth, mitten unter ihnen, bemerkt mich nicht.

Etwa die Hälfte von ihnen leide an Demenz in verschiedenen Stadien und Ausprägungen, erklärt mir Herr E., der engagierte Leiter. Über Elisabeth könne er sich nicht beklagen, sie mache bei allen Angeboten mit, beim Singen wie bei der „Erzählstunde" und beim „Sitztanz". Manchmal reagiere sie etwas lehrerhaft, indem sie die Betreuerinnen sprachlich korrigiere. Er hegt Zweifel, ob sie das Lesen und das Schreiben noch so wie früher beherrscht. Als ich gerade im Gehen bin, singen alle bis auf einen trostlos im Rollstuhl mehr hängenden als sitzenden Mann: „Die Gedanken sind frei." Elisabeth hat mich erkannt und winkt mir entspannt zu. Sie scheint sich nicht unwohl zu fühlen. Ich stehe in der Mitte des Kreises und lächle etwas verlegen alle an. Ich male mir aus, wie ich die Alten sämtlich in Katzen verwandle, indem ich mich auf den Boden hocke und so lange miaue, bis sie aus ihren Sesseln und Rollstühlen herauskriechen und maunzend hinter mir drein krabbeln, auf und davon in einer Art Katzenprozession durch Kirchheim.

Als Elisabeth gegen Abend nach Hause zurückkehrt, hat sie meinen Besuch in der Betreuung vergessen, er ist wie weggeblasen. „Es hat bei euch heute Basler Rolle zum Mittagessen gegeben", sage ich, um meine Anwesenheit zu beglaubigen. „Woher weißt du das?" Nie kann sie irgendetwas von dem, was ihr in der Tagesbetreuung passiert ist, wiedergeben. Auch das Mittagessen, an dem sie doch so interessiert ist, hat sie schon wieder vergessen. Gab es Fleisch oder Fisch? Etwa Rippchen mit Kraut? Und gab es auch Kaffee und Kuchen? Marmor oder Apfel mit Streuseln? Keine Antwort.

11. November 2019

Lieber Gerd,

ich habe den Eindruck, Du schilderst diese oft grotesken und tieftraurigen, manchmal auch komischen oder rührenden, uns beide jedenfalls immer aufs Neue irritierenden und auch bedrohenden Vorgänge zu „affirmativ" (unser altes, kritisch gemeintes Wort). Es ist eben nicht alles „gut", was wir seit einiger Zeit erleben, nur weil gerade Windstille herrscht und es im Moment im Leben unserer von Demenz befallenen Ehefrauen relativ ruhig zuzugehen scheint, grabes-ruhig, möchte ich meinen. Es gibt im Grund für mich keine „schönen und entspannten Ferien", selbst wenn meine Elisabeth noch nicht oder höchstens in Ansätzen inkontinent ist und auch längst keine unkontrollierten Wutanfälle mehr hat wie zu Anfang der Krankheit vor etwa elf Jahren. Doch sie wirkt überwiegend apathisch, weltabgewandt; und ihr schien es ziemlich egal zu sein, ob sie sich gerade in der einst so geliebten Provence befand oder zu Hause im Bett aufhielt, ja sie schien keinen Unterschied wahrzunehmen. Ich kann mich nun mal an diese resonanzlose Leere, die Abwesenheit jedes ernsthaften Gesprächs, diese verquere Wiederkehr der frühen Kindheit im Greisenalter mit all ihren naiven und hilflosen Verhaltensmustern nicht gewöhnen, ja ich kann sie nur schwer ertragen und möchte oft lieber weit weglaufen. Das wird mir in der Feriensituation besonders deutlich, wo wir schon räumlich enger als zu Hause zusammenkleben, ich also auch mehr Einzelheiten mitbekomme als ich eigentlich möchte. Von dem, was noch auf uns zukommen dürfte, gar nicht zu reden. Zwar bittet mich meine Elisabeth noch nicht wie Dich die Deine, „auf die Toilette gehen zu dürfen", aber wenn sie lauthals die alten Schlager mitsingt oder ungeniert zwischen den Zähnen bohrt oder sich ständig über ihren angeblich drückenden Büstenhalter beklagt und ihn vor aller Augen einfach auszieht, tut mir das weh, weil ich halt immerzu die stolze Elisabeth von früher vor mir sehe und höre, die so etwas nie getan hätte. Sie hätte auch nie liebe Gäste schon am frühen Abend mit Ausrufen wie „Ich bin jetzt müde" oder „Wir gehen jetzt ins Bett" aus dem Haus getrieben. Ach, ihre dauernd schmutzigen Fingernägel, die ungeputzten Zähne, der muffige Geruch, der von ihren Kleidern und Haaren ausgeht, das ständige Ausspucken auf der Straße …

18. November 2019

Lieber Michael,

mit „affirmativ", unserem kritisch gemeinten Begriff für versöhnende Sichtweisen, triffst Du etwas Richtiges. Mein Umgang mit Elisabeth und ihrer Demenz hat sicher eine normalisierende Tendenz. Es ist der *Rettungsweg*, den ich so einschlagen kann: praktisch, indem ich ein Alltagsgleichgewicht hüte, in welchem Elisabeth sich wohlzufühlen scheint und das mir Spielräume zum Lesen, Schreiben und Laufen lässt; theoretisch, indem ich interpretiere, also das tue, was ich mein Leben lang betrieben habe, um mit den Verhältnissen und ihren und meinen Widersprüchen fertig zu werden. Auch das ganz A-normale, Erratische verstehen, also für mich ‚normalisieren' zu wollen, mag ein verrücktes Unterfangen sein, aber es befreit mich ein wenig aus der Opferrolle, in der pflegende Angehörige von Dementen unvermeidlich stecken. Jedenfalls meine ich, so besser mit einer Situation umgehen zu können, gegen die meine Wünsche nicht selten rebellieren. Ihr hundertmal freundlich und zugewendet zu versichern, dass sie mir nicht lästig sei, immer wieder dieselben Musikstücke ‚toll' zu finden, kann ich eben besser ertragen, wenn ich mir sagen kann: Es ist ihr permanenter Kampf um die Fragmente eines Selbst, die sie immer wieder neu zusammenfügen muss und die ihr doch im nächsten Moment entrinnen. Das total leerlaufende Repertoire, das mich nicht selten aus der Haut fahren lassen möchte, hat für sie einen Sinn. Und ihr starkes Bedürfnis, emotionale Zuwendung zu zeigen (und zurückzuerhalten), ist ein verbliebenes Feld der Wirksamkeitserfahrung: Hey, ich lebe noch und möchte wahrgenommen sein!

Auch wenn ich nichts bessern kann, ist es doch richtiger, auf das noch *Lebbare* zu schauen als auf die zukünftigen Schrecken, selbst wenn mir das zu sagen nicht leicht fällt.

2. Dezember 2019

Ich habe erst spät, nach vorläufiger Fertigstellung dieses Textes, auch um beim Schreiben nicht beeinflusst zu werden, das viel beachtete Buch von Inge Jens über ihren dementen Mann gelesen („Langsames Entschwinden", 2016). Es besteht überwiegend aus Briefen an akademische Freunde und gute Bekannte, ist klug, sensibel und sehr manierlich formuliert – und doch ist es gerade diese stilistische Fertigkeit, diese immer liberal und verständnisvoll sich gebende Überlegenheit, diese vornehme Zurückhaltung, die bei mir keine besondere Wirkung hinterlässt. Inge Jens sollte vielleicht, statt in jedem ihrer Briefe etwa das Gleiche zu vermelden („mein Mann kann nicht mehr sprechen, nicht mehr laufen …"), *einmal* die Fassung verlieren angesichts dieser grausigen Vorgänge um Walter Jens, die sie doch zutiefst erschrecken und ständig überfordern mussten, *einmal* ausbrechen aus der ja weiterhin privilegierten, großbürgerlich verfassten Gelehrten- und Schreibtischwelt, in der sie mit ihren Hilfskräften und Freunden verharrte, *einmal*, und zwar im Detail, vordringen in die trüben Abgründe und schmutzigen Verliese des Irrsinns, der knöchernen Erstarrung und Gefühllosigkeit, in denen ihr berühmter Mann und nun verstummter Star-Redner versunken war, der – so schreibt sie – an einer „progredienten Gefäßerkrankung" litt und seine Umgebung, also auch sie, mit Tritten, Schlägen und „unflätigen Schimpfwörtern" (welchen genau?) traktierte.

Was Walter Jens angeht, so erinnere ich mich einer irritierenden Szene, die früh schon auf eine später auftretende Demenz hindeutete. Bald nach der gewaltigen Umwälzung im Osten Europas drang ein Team des Bayerischen Fernsehens in das Heim des Rhetorikers ein, der verwirrt im Hausflur stand und auf die immer dreisteren Fragen des jungen Reporters – etwa wie er heute zu seiner Behauptung stehe, es gebe zwei deutsche Staaten mit gleichen Rechten – nur mit Wortbrocken und unfertigen Gesten reagierte. „Meine Frau ist doch nicht da", murmelte der Professor wiederholt und wich schrittweise in sein Arbeitszimmer zurück. Dort zog er wie zum Schutz ein Buch aus der Bücherwand, blätterte darin und stellte es mit zitternden Händen an einer falschen Stelle wieder zurück. „Meine Frau", nuschelte er den ihm nachfolgenden Plagegeistern entschuldigend zu, statt sie rigoros aus dem Haus zu weisen, „wo bleibt nur meine Frau …" Sie war nun mal nicht da und konnte ihm nicht wie gewohnt aus der Patsche helfen, und er wirkte ohne sie wie ein gefangener Vogel oder ein verlorenes Kind. Ob er nicht Ehrungen im Osten erhalten, ob er sie nicht geschmeichelt angenommen habe … Der sonst nahezu allwissende, für seine kernige Festtagsrhetorik bekannte Walter Jens lehnte hilflos, wie geschlagen am Bücherregal, während ihm die Frage „Sind Sie nun für oder gegen die deutsche Einheit?" entgegenschallte.

Darüber ist mir ein anderes Buch wieder eingefallen, das ich vor etwa fünfzehn Jahren gelesen habe, primär, weil ich die hoch intellektuelle Verfasserin aus dem gemeinsamen Studium kannte. Es widmet sich dem mir damals noch sehr fernen Thema Demenz: „Letzte Szenen mit den Eltern" von Claudia Wolff –

ein sehr persönliches, ja inniges Abschiedsbuch; und anders als das von Inge Jens wird es von Gefühlsschwankungen, auch von Selbstironie und radikaler Selbstreflexion bestimmt. Die kinderlose Tochter und Ich-Erzählerin sieht, indem sie das jammervolle Sterben des Vaters und die Vergreisung der Mutter beobachtet, ihr eigenes Alter und ihr eigenes Ende deutlich vor sich (das spitznasige „Vatergesicht", das schlaffe Beinfleisch der Mutter), worauf sie mit heftigen Ambivalenzen und Kopfschmerzen reagiert. Sie erträgt es nur schwer, dass die Mutter fast alles vergisst, als könnte diese, wenn sie nur wollte, immer so bleiben oder wieder so werden, wie die Tochter sie einmal gekannt und geliebt hat.

9. Dezember 2019
Vorweihnachtszeit, frühe Dämmerung. Schon gegen Abend wachsende Unruhe. Elisabeth läuft im Haus auf und ab, tappt ständig in mein Zimmer rein, auch – was ärgerlich ist – zur Nachtzeit um halb drei, halb vier Uhr, wenn ich gerade fest eingeschlafen bin. Ihr eigenes Zimmer kann (oder will?) sie nicht finden. Angeblich hat sie Hunger, verlangt wiederholt nach Milch, ihrem Lieblingsgetränk. Sie fragt mehrmals, was sie sonst nicht tut, da sie ja über kein Zeitgefühl mehr verfügt, nach der Uhrzeit, wünscht sich auch wieder eine eigene Uhr als Ersatz für die verlorene, rafft Kleider zusammen: „Ich gehe jetzt nach Hause. Begleitetest du mich ein Stück? Ich lauf doch ungern allein durch die schwarze Nacht. Da fliegen so dunkle Würmer rum." Um sie zu beruhigen („*Hier* ist dein Zuhause, seit rund 35 Jahren!") oder wenigstens abzulenken, lese ich ihr, sobald ich sie zu Bett gebracht habe, den Anfang der Weihnachtsgeschichte aus

dem Lukas-Evangelium vor. Mäßiges Interesse, wie auch bei dem wunderschönen, ursprünglich plattdeutschen Märchen der Brüder Grimm vom Fischer und seiner Frau Ilsebill, die mich mit ihrer irren Wunsch-Energie und ihrem unbedingten Aufstiegswillen von fern an Elisabeth erinnert, wie sie früher war, während sich das Meer im Verlauf des Geschehens ebenso unmerklich wie unheimlich von Lichtblau zu Tiefschwarz verfinstert: „Manntje, Manntje, Timpe Te, / Buttje, Buttje in der See …". Können poetische Wörter und Sätze, können selbst echte Zaubersprüche, können Naturgeister und sprechende Tiere in dieser Weltnacht gar nichts mehr ausrichten?

Anhaltend (wenn auch meist unterschwellig): mein schlechtes Gewissen, meine Hilflosigkeit, das Gefühl, zu wenig für Elisabeth zu tun und zu wenig Geduld aufzubringen, auch ganz unverdient davongekommen zu sein, zumindest vorerst dem Schicksalsgott entwischt, den Psychiatern gleichsam „von der Schippe gesprungen" zu sein, während sie das Unglück kalt erwischt hat, sie arm und alt, stumm, verwirrt und hilflos gemacht hat.

15. Dezember 2019
In den ergotherapeutischen Sitzungen mit der emphatischen Susanne Klein erreichen die allereinfachsten Übungen Elisabeth oft nicht mehr. Sie soll zum Beispiel eine Anzahl von Haustieren aufzählen, und dagegen ein paar in der Wildnis lebende Tiere stellen, oder sie wird gebeten, die Hauptstädte einiger nordeuropäischer Länder zu nennen, doch sie wirkt überfordert und verstummt einfach, als hätte sie die Fragen nicht recht verstanden. Könnte man ihr Verhalten nicht auch als einen Akt der Verweigerung deuten, als konsequente Absage an die Leistungsgesell-

schaft? Als würde sie sagen: „Ich habe von euch die Nase voll und eure albernen Fragen satt und will nicht mehr mitspielen. Satt habe ich auch all die ziemlich gleich aussehenden Familienfotos, die mir vorgelegt werden, verbunden mit der Aufforderung, umgehend zu sagen, wer darauf wohl zu sehen ist – ich oder meine Mutter? Eine Katze oder ein Hund? Dabei kann ich ohne Brille fast nichts mehr erkennen."

26. Dezember 2019
Just zum Jahresende stolpert Elisabeth auf der Treppe im Flur und stürzt zum wiederholten Mal, Kopf vor, in Rückenlage, Stufe um Stufe hinab. Die Folge ist ein Riss der Achillessehne und eine Prellung des Steißbeins. Im Krankenhaus wird ihr ein orthopädischer Stiefel angepasst, den sie nun Tag und Nacht tragen muss und der sie nahezu unbeweglich macht. Eine Zeit lang wird sie die Tagesbetreuung meiden müssen; das Waschen und Anziehen dürfte komplizierter werden. Wir tragen ihr Bett ins Wohnzimmer hinunter, damit sie weniger Treppen steigen muss, was sie durchaus nicht einsieht: Sie will in ihrem Zimmer bleiben. Und sie will diesen unbequemen Stiefel ausziehen, sofort und unbedingt, den Wunsch äußert sie immer wieder, sodass ich den Schuh mit Leukoplast befestigen muss. Ich schaffe einen Toilettenstuhl und einen Gehbock an. Bestelle dreimal pro Woche eine Physiotherapeutin, die mit ihr das Gehen übt. Elisabeth sagt, sie brauche fast nichts, jedenfalls keine Gehhilfe, sie rutsche lieber auf dem Hintern über den Boden. Das Leben wird schwieriger. Ich werde mich daran gewöhnen müssen, ihr den Hintern zu wischen, mit dem Waschlappen oder mit Feuchttüchern – eine Überwindung.

Aber es gibt auch heitere Momente, immer wieder. Einige Wochen später sehe ich Elisabeth mit ihrer zweijährigen Enkelin Stella im Wohnzimmer Fußball spielen. Sie kicken und rollen den großen grünen Medizinball mit einiger Mühe, doch lachend, hin und her.

29. Dezember 2019

Ich kann nicht tanzen, ich kann nicht richtig singen. Ich kann kein Instrument spielen. Ich kann nicht Auto fahren. Ich war nie beim Militär, nie im Puff. Ich besitze keine Schusswaffe, kein Notebook, kein Handy. Ich hatte nie einen ordentlichen Beruf, also nie ein regelmäßiges Einkommen, nie einen echten Vorgesetzten. Ich gebe Pennern und Bettlern prinzipiell nichts. Ich unterschreibe keine Resolutionen mehr. Ich verachte die Politiker aller Parteien, das Staats- und Lügengesindel, die Funktionäre, die Journalisten mit ihren politisch korrekten Phrasen, also fast alle, sowieso, dazu das ganze elende Regelwerk, dem sie dienen. Ich bin kein sozialer Mensch, auch wenn es manchem so vorkommt. Ich bin ein störrischer alter Bastard wie Lear, ein zahnloser Dachshund, ein gescheiterter Schauspieler mit „Rissen im Herzen". Manchmal habe ich das Gefühl, als wäre ich in diesem Land „der erste Mensch" (Albert Camus) und zugleich „der letzte Deutsche" (Botho Strauß). Ich bin eher durch Zufall zu Frau, Kindern und Enkeln gekommen, habe die sich bietende Chance aber genutzt und die Familie als emotionalen Schutzraum nach allen Seiten umzäunt und mit Zähnen und Klauen verteidigt. Angesichts unseres Alters und der Krankheit Elisabeths eine weise Entscheidung. Doch das, was man gemeinhin „Glück" nennt, sieht anders aus.

Wie lange wir nun schon zusammenleben, fragt Elisabeth, „mehr als fünfzig Jahre", antworte ich zum wiederholten Mal. Und waren kaum einen Tag voneinander getrennt, sind also gewissermaßen von selbst eine Einheit geworden, obwohl wir ja, streng genommen, längst nicht mehr dieselben sind wie damals, als wir uns kennen und lieben lernten, nein, ganz und gar nicht, rufe ich aus. Welche Metamorphosen, welche Entstellungen, Ent-Zweiungen, Verwechslungen, Verwüstungen des Körpers wie des Geistes mussten wir hinnehmen: Kotwürste, die in der Badewanne statt im Klo schwimmen; tote Tiere, tote Kinder im Bach; Staubwogen, Asche, den Kraterrand entlanggeweht ... Wie mag das weitergehen mit uns, die wir so still, so sprachlos, so fügsam geworden sind, wohin soll unsere abschließende goldene Hochzeitsreise führen, vielleicht quer durch Florida mit einem alten Wohnwagen nach Key West zu Hemingways Haus, die letzten Meter auf jeden Fall zu Fuß? Frühling, Sommer, Herbst – die alte Lebenslüge, die tradierten Reime, der ewige sinnleere Kreislauf, das immer gleiche Programm, ständig neu aufgelegt. Die weit aufgerissenen Münder der Sänger, die total aufwendige, übertriebene und daher lächerliche Gestik des Dirigenten. Immerhin, wir sind da gewesen, haben uns Mühe gegeben, haben uns nicht kampflos dem dunklen Raum ausgeliefert, den schwarzen Löchern, in denen wir spurlos verschwinden werden. Bald wird der Film unserer leuchtenden Erinnerungen enden, wenn er nicht schon vorbei ist. Doch was werden die Kinder, die Enkel dazu sagen, dass wir nicht rechtzeitig abgetreten sind? Dass wir uns so aufgeblasen und breitgemacht haben mit unserem Leben und Leiden, unserer Schamlosigkeit, unseren Monologen, Ritualen, und ihnen zu wenig

Platz gelassen, dafür jedoch Trauerarbeit für ein ganzes Dasein aufgebürdet haben ...

Januar 2020
Nach bestandenem Referendar-Examen unterrichtete Elisabeth ab 1970 Französisch und Deutsch, vertretungsweise auch Sport am Helmholtz-Gymnasium in Heidelberg. Bei der Schulleitung war sie ihrer linken Radikalität wegen bald verhasst und man wollte sie umgehend loswerden, was ihr Ansehen bei den Schülern aber noch steigerte, zumal sie jedem half, der in Not war, und um jeden Einzelnen kämpfte, dessen Versetzung gefährdet schien. Ein paar Mutige, die sich, je nachdem, als wahre Kommunisten oder auch als Anarcho-Syndikalisten verstanden, verkehrten auch bei uns zu Hause, sie saßen kettenrauchend in unserer Küche, duzten sich mit Elisabeth und dürften wohl alle in sie verliebt gewesen sein. Einmal zumindest hat sie in eine für das Abitur entscheidende Klassenarbeit eingegriffen und einen kleinen Fehler mit eigener Hand und passender Tinte so korrigiert, dass der Junge gerade noch eine 4 bekam, die ihm in der Schule weiterhalf. Das hätte sie ihre Stellung kosten können, doch an solche Kleinigkeiten dachten wir nicht.
Nun, rund fünfzig Jahre später, hat ihr einer ihrer ehemaligen Schüler, an den sie sich nicht mehr erinnern kann, einen wirklich fabelhaften Brief geschrieben, in dem unter anderem steht:

Liebe Frau Elisabeth,
Ich weiß nicht, ob Sie sich noch an mich erinnern. Es ist ja auch schon ziemlich lange her, dass Sie meine Lehrerin waren im Helmholtz-Gymnasium der frühen siebziger Jahre. Diese mo-

mentane Weltkrise ist, finde ich, die richtige Zeit, mich bei Ihnen zu bedanken. Sie waren eine der ganz wenigen tollen, richtig tollen Lehrerinnen damals für mich in einer schwierigen Phase meines Lebens. Sie waren präsent, konnten zuhören, hatten Empathie, konnten Lehrinhalte vermitteln ohne Strenge und Geschrei, hatten ein Gespür für die Nöte und Sehnsüchte von uns, von mir. Ich habe gehört, dass es Ihnen nicht so gut geht. Ich wünsche Ihnen alles Gute, alles Beste. Und danke nochmals, vielen Dank …
Ihr
M. A.

Auf der Eiskante

Sie schluchzt im Schlaf, sie weint im Traum
Ich hör sie durch den Weltenbaum

Sie ist der Pfeil in meinem Fleisch
Sie ist der Schmerz in meinem Reich
Sie ist das Eis im Augenteich

Bin so gereizt, voll Groll auf sie
Der Stachel in der Brust ruht nie.

III. Aus Elisabeths verstreuten Papieren

„Schreib auf / dies und das / alles ist wichtig."
(Guntram Vesper)

Ende 1986
Ich hatte befürchtet, dies alles so nicht durchzustehen: Horror-Momente ab September mit Semesterbeginn an der Fachhochschule; die mich stark beanspruchende Mit-Herausgabe der Gegen-Festschrift zum 600. Jubiläum der Universität Heidelberg, der Umzug in den Kühlen Grund, der Umbau des Hauses, gehetzt von der Angst um Moritz' Operation und zahlreichen Hochschul-Terminen. Zu Hause in einem fort Gerede oder Gebrüll; ich ständig im Mittelpunkt, dauernd gefordert, und jede kleine Entscheidung musste ich allein treffen. Dazu die nervenden Zugfahrten nach Frankfurt, das lange Warten auf den windigen Bahnsteigen, immer zu wenig Schlaf, immer zu wenig gesundes Essen. Wachsende, kaum noch überschaubare Problem- und Zeitungsberge, wachsende Unlust ...

Um 1987
(Zu dieser Zeit hat Elisabeth für eine Ausstellung und einen Katalog mit dem Titel „Z. B. Schuhe" einen so souveränen wie selbstkritischen Text über ihre Tanzstundenschuhe aus Krokodilleder geschrieben. Im Buch abgebildet ist einer der abgewetzten Schuhe, außerdem sieht man sie als junges Mädchen in einem ländlich-spießigen Tanzstundenkleid stocksteif vor einem Gewächshaus der elterlichen Gärtnerei stehen. Dazu schreibt sie:)

„Dieser Schuh, das ist meine Rock-'n'-Roll-Zeit. Aber auf dem Land, in Edenkoben, wo nichts los war. Bewegt habe ich mich in diesen Schuhen nur eckig. Ein klein wenig minder steif erst Monate später, als diese Schuhe mitkamen an den Genfer See (und zu Tanzereien, die mir ab und zu sogar Spaß gemacht haben) – weit weg aus der kleinstädtischen Geducktheit, in die ich zurückkehren musste, weil ich ja das Abitur brauchte.

Dann kamen hochhackige dunkelbraune Schnallenschuhe, hin und wieder an meinen Füßen bei gequälten Pennäler-Partys – und noch 1962 in der Heidelberger ‚Tangente'. Die Krokos aber wurden zusammen mit dem ledernen Schulranzen von der Mutter aufgehoben in der Aussteuerkiste mit den 36 Handtüchern, den 12 Kopfkissen, Bettlaken usw. Fast dreißig Jahre alt ist er nun, dieser Kroko-Schuh.

Und ich denke in dem Zusammenhang jetzt auch an die eleganten roten Stöckelschuhe, die ich viel später erstand und die mir bald, wohl auch unterm Eindruck der Frauenbewegung, ‚nuttig' vorkamen, weshalb ich sie, sehr zum Ärger Michaels, braun umzufärben versuchte und dabei ruiniert habe. Ja, diese roten Schuhe, die auch auf dem Umschlag des Katalogs magisch leuchten und offenbar nicht nur Männer auf besondere Weise ansprechen."

Möglicherweise im Herbst 1988
Zynischer Monolog meines Ehemanns, während er in meinem Zimmer umhergeht, dabei ab und zu innehält (von mir aufgezeichnet auf den Rand einer französischen Zeitung):
„Sei doch nicht immer so ernst. Was riecht denn hier so seltsam angebrannt? Schreib doch dein wissenschaftliches Zeug einfach

runter, die Herren Professoren werden das schon absegnen. Und rauch nicht so viel. Siehst heute ein bissel älter, ein bissel blasser aus, direkt abgearbeitet. Ich denk dabei auch an die vielen hübschen Frauen in der Hauptstraße. Nanu, die Weinflaschen da! Bist du etwa ne geheime Alkoholikerin? Hast sie in deinen Bau geschleppt, die Pullen? Sei doch nicht so spießig. Wie deine Mutter. Hahaha. Farbflecken auf dem hellen Teppichboden: Rote Tinte, rote Grütze, Blut? Haste was Dummes angestellt? Völlig humorlos. Is was? Was hast'n da? Speckfalten, Bauchwürste. Was tippst'n da ständig in die Maschine rein? Is' was passiert? Musst' deine Ruhe haben? Werden wir wieder aufs Land verschickt, ich und die Kinder? Immer essen, essen … Hock dich hin und schreib die Arbeit einfach runter, ohne viel nachzugrübeln. Was guckste so streng? Hast doch tagelang deine Ruhe gehabt. Was haste für ne Krankheit? Sei doch mal locker, einmal wenigstens. Wir nehmen das alles nicht so ernst. Ist der Kaffee wieder ubergelaufen? Hilfe, die Bucher. Schreckliche Spießerei. Was machste denn da, etwa Fußnoten, so viele? Lass doch den Text wie er ist, unbearbeitet. Stört doch keinen. Sowas merkt doch keiner von diesen Pennern. Hast doch genügend Zeit gehabt. Könntest dich auch mal wieder hübsch machen, Stöckelschuhe und so. Was für'n Lärm aus den Boxen dringt. Klingt irgendwie aggressiv, die Bässe. Hast nix Besseres zu tun? Und was bitte, Ferien machen? Verreisen? Schon wieder? Klingt ja nach Flucht vor der Arbeit. Wer eine Aufgabe hat, braucht keine Ferien. Es gibt sowieso keinen schöneren und gesünderen Ort auf der Welt als Heidelberg …"

Etwa zur selben Zeit
Und deinetwegen, auch der Familie wegen, habe ich viel Zeit verloren, Arbeitszeit, vermutlich die besten, produktivsten Jahre meines Lebens, wo mein Kopf so hell war! Und überhaupt, die sogenannte „Liebe"! Was hätte ich erreichen können, zum Beispiel in der Romanistik, wenn ich dumme Gans mich mehr auf das Studium als auf die Männer konzentriert hätte?

Juli 2000
(Fragmentarische Angaben zur Person, wahrscheinlich für eine linke Frauenzeitschrift verfasst:)
Meine Mutter, Gretel Welker, war von Herbst 1938 bis März 1945 Wirtschaftsleiterin im Haus Martin Bormanns auf dem Obersalzberg und dort besonders für die Organisation der Küche zuständig. Ich selbst, geboren im November 1941, habe meine frühesten Jahre als uneheliches Kind in dieser heroischen Bergwelt zugebracht und habe fast täglich, so heißt es jedenfalls, mit den Kindern der Naziführer, speziell den zahlreichen Bormannkindern, gespielt. Meine Mutter, eine energische Arbeitsfrau aus der Pfalz, die gut in die Küche wie in die „Leutestube" der Herren des Berges passte und bis an ihr Lebensende nicht ohne Stolz verkündete: „Ich habe für den Führer des Deutschen Reiches gekocht!" (Kartoffelsuppe, Johannisbeergelee, Rohkostsalat), hat mich im Positiven (durch ihre energisch zupackende Art), mehr noch im Negativen (durch ihre Engstirnigkeit und Härte) massiv geprägt und mir mein ganzes Leben schwer gemacht ...

11. März 2002
Heute Nacht habe ich meinen eigenen Tod geträumt. Ich hatte mich zum Sterben schön gemacht, geschminkt und elegant gekleidet und frisiert, hatte ein leichtes Gefühl dabei, leichtes Gepäck. Schaute zum weit offenen Fenster hinaus in Erwartung des Todes, der rauschend aus Westen heranfuhr und mich mitnahm. Im Morgengrauen lag ich auf einer Bergwiese und blutete.

28. Juli 2002
Aufräumen, Zimmer um Zimmer, vor allem das meine: Papiere, Mappen mit Referaten meiner Studenten, Ordner, vergilbte Zeitungen, Folien, Fotos, Flugblätter ... Alles langsamer tun. Mich so wieder ins Lot bringen. Kleinere Vergnügungen wahrnehmen wie Kinobesuche, ein Treffen mit Freundinnen, Radtouren. Etwas Ausgefallenes kochen. Mit den erwachsenen Kindern wieder mal Schwimmen gehen ... Man muss viel Kraft und Mut haben, um jeden Morgen wieder aufzustehen und sich die Kleider überzuziehen.

24. August 2002
Immer öfter diese Anfälle von Unsicherheit, Kleinmut, Leere. Fehlendes Zutrauen in mich und meine Fähigkeiten, in das, was ich bin, was ich gelernt habe, was ich kann und noch können möchte. Dabei habe ich früh Simone de Beauvoir gelesen und die Unterscheidung zwischen dem „für sich selbst sein" und dem „für andere da sein" begriffen. Muss viel mehr an mich denken und an mir arbeiten, meinen Wünschen folgen, damit ich wieder selbstbewusster werde. Ständig die Angst, ich schaffe meine „Lebensarbeit" (groß gesprochen) in der verbleibenden Zeit

nicht mehr, so ausgelaugt, wie ich seit Längerem bin, so zögerlich, so vergesslich.

Muss mir auch öfter eine Auszeit gewähren, zu meiner Erholung ganz allein mitten im Semester wegfahren, zum Beispiel mit dem Zug nach Marseille oder Montpellier, nach dem sonnigen Sète ans Meer, wo Paul Valéry begraben ist, für eine ganze Woche mindestens.

26. September 2002
Fühlte mich heute, mit endlich klarem Kopf, wieder stärker, als ich auf die Straße trat, den provenzalisch hellen Himmel sah, das Licht in den Augen und den Wind um die Ohren hatte. Sogar ein paar kleinere Ausbrüche von Begeisterung. Möchte den ersten Menschen, der mir freundlich begegnet, umarmen. Gestern noch Drehschwindel, davor Wadenkrämpfe, dauerndes Kopfweh, Stress, Müdigkeit. Seit Wochen viel zu wenig Schlaf.

2. Februar 2003
Das Faltenbündel auf meiner linken Wange habe ich vor ein paar Tagen zum ersten Mal wahrgenommen. Überhaupt eine Zunahme der Falten im Gesicht, das sich gleichzeitig zu verschieben scheint, auch irgendwie kantiger, eckiger wird. Doppelkinn. Auch Bauchfalten, deren Existenz ich immer leugnete, sind vorhanden. Und die Lineamente um die Augen, am Hals und die geröteten Wangen werde ich wohl auch nicht mehr los.

5. März 2003
Im Traum gehe ich am Zimmer meiner Mutter vorbei, dessen Tür offen steht, mit einer leichten Verkrampfung im Herzen

und vom Halswirbel ausstrahlend zur Mitte des Hinterkopfs – wird sie mich gleich ansprechen, mir wieder etwas auftragen, grob in meine Gedanken eindringen und sie mit Befehlen zerstören, wie sie das so häufig getan hat? Eine ähnliche Situation kann entstehen, wenn ich unvermutet in Michaels Nähe gerate und er mich ausufernd etwas fragt oder wissen will, was er nun tun könnte im Haus oder im Garten. Und ich fühle mich so verängstigt und in die Enge getrieben von all den Anforderungen und möchte mich losreißen und weglaufen. Und schlimmer: Er zwingt mich so in die Rolle meiner herrischen Mutter.

2. Januar 2004
Wie kein anderes zuvor ist mir das gerade vergangene Jahr entglitten. Was habe ich eigentlich *für mich* getan, zu meiner Freude, meiner Gesundung? Nur widerwillig fahre ich drei-, viermal die Woche nach Frankfurt, betrete mit Hemmungen das Gelände der Fachhochschule; der ewige Baulärm ist es nicht allein. Weiß auch immer weniger, was ich den jungen, geschichtsfernen Menschen, die meine Seminare besuchen, beibringen könnte. Was im Ernst sollen sie in ihren späteren Berufen als Kindererzieher oder Altenpfleger mit Medienkritik anfangen, was mit klassischer Bildung, Kunst und Literatur (sofern derart pragmatische Fragen hier überhaupt zulässig sind)? Und meinen von Management-Ideen beherrschten, ehemals linksradikalen Kollegen weiche ich aus, wo immer es möglich ist, im Dozentenzimmer, vor dem Kopierer, in der Mensa. Ihre digitale Geschäftigkeit, die anstelle der marxistischen Ideologie getreten zu sein scheint, widert mich an. Jedenfalls war es ein wüstes Wintersemester, in dessen Verlauf ich öfter, von Kopfschmerz geplagt, auf meinen Unter-

richt schlecht vorbereitet war und für den Moment nicht weiterwusste. Daraus folgt mein definitiver Entschluss: vorzeitige Pensionierung im Februar 2005. Der Abschied mit vierundsechzig wird mir leichtfallen.

Sommer 2004

Michael, Lieber,
es wird mir nun doch zu spät, auf Dich zu warten. Muss sofort ins Bett. Die Kürbissuppe steht bereit. Was übrig bleibt, bitte in den Kühlschrank. Ich muss morgen um 9 Uhr aus dem Haus, bin gegen 16 Uhr wieder zurück. Sollte vorher noch den Puppenwagen für Paula im Spielwarengeschäft abholen. Die Cannelloni sind im Herd.
E.

19. Januar 2005
Schon wieder ein graues Jahr vorüber, weggeweht und abgehakt, fast ohne dass ich es gemerkt habe. Mir auch so gut wie keine Notizen gemacht, also von all dem Geschehen nichts schriftlich festgehalten, was sehr unklug war. Falls es an dieser Fachhochschule künftig noch einen Schwerpunkt Sozialpädagogik geben sollte, sind Lesen und Schreiben, Malen und Filmemachen, Sprache und Literatur (also das, was ich im engeren Sinn unter „Ästhetik und Kommunikation" verstehe) ebenso wie ein reflektierter Umgang mit den Massenmedien als eine Art Grundqualifikation unverzichtbar, auf jeden Fall nötiger als diese marxistischen „Kapital"-Kurse der Kollegen. Die Beschäftigung mit Kunst könnte die Köpfe der Studenten ungemein bereichern, könnte sie sensibilisieren, könnte sie auch in ihrem

Alltag stabilisieren. Genau das hätte ich auf der Sitzung des Studiengangs vortragen müssen. Aber ich schwieg verdrossen. Vor den mürrischen und abweisenden Kollegen-Gesichtern konnte und wollte ich von den positiven Wirkungen der Kunst nicht reden. Sie hätten mich doch nicht verstanden.

Beginne damit, mein Dienstzimmer leer zu räumen. Berge unerledigten Papiers bedecken Tische, Stühle und den Fußboden. Dichte Staubwolken. Alles sofort wegwerfen, in den Müll damit! Was lohnte sich davon aufzuheben, die mageren staatlichen Studienpläne etwa, die Vorlesungsverzeichnisse, die Phrasen der Selbstverwaltung? Dauerbronchitis, eine Vereiterung der Nebenhöhlen, Schwitzen, Hautjucken (nur Hypochondrie, wie Michael behauptet?).

Anfang Oktober 2005
Bin im Zug des häuslichen Aufräumens doch öfter erstaunt, ja entsetzt, wie sehr ich selber in letzter Zeit meine ureigenen Interessen wie Musik hören, Gitarre spielen, Flamenco tanzen, vernachlässigt habe. Nötig wäre eine Art Selbsterziehung zur Langsamkeit, zu Achtsamkeit, Ruhe. Durchatmen. Pause. Hoffentlich habe ich noch ausreichend Kraft ...

Und vielleicht könnten wir noch einmal zu dritt oder gar zu viert, also mit beiden erwachsenen Kindern, nach Stromboli fahren, seit 1988 *unsere* Feuer- und Ferieninsel, von der es heißt, sie sei das Urbild der Insel Ogygia, in deren Felsenhöhle Odysseus sieben Jahre mit der Nymphe Kalypso zugebracht hat. Das blaugrüne Meer, darüber die weißen Säulen der Terrasse, der ständig tätige Vulkan als Fahne und Leuchtturm, und überall der grauschwarze Lava-Sand ... Für vierzehn Tage schaffen wir es dort, die Begleiterscheinungen des Tourismus (etwa die immer rauchende Müllkippe) auszublenden und uns lesend in die Antike Homers zurückzuversetzen. Moritz meint, es sich einrichten zu können, ebenso Line. Michael ohnehin. Stromboli ist einer der seltenen Orte, die mich außer Heidelberg überhaupt noch interessieren.

> „Hier", sagte Diotima, „lernt man stille sein über sein eigen Schicksal, es seie gut oder böse."
> (Friedrich Hölderlin, „Hyperion")

13. November 2005
Ein mich abstoßendes Foto von Stefan George aus dem Jahr 1899 an der Zimmerwand: Von den maskenhaft stilisierten Gesichtszügen bis zu den geziert gefalteten Händen – verklemmt wie der ganze, in priesterliches Schwarz gewandete dürre Kerl. Er ließ sich gern und häufig fotografieren, den bäurischen Schädel im Halbprofil und sogar die blassen Hände allein. Weiß nicht genau, was Michael an ihm findet. Vielleicht ist es ja die dunkle Qualität seiner Gedichte, die Härte ihrer Sprache. Oder seine mönchische „Aura", seine Kargheit, seine „Radikalität"? Mir ist das angebliche „Charisma" dieses Dichters so unbegreiflich wie das von Adolf Hitler. Wie konnte man ihnen „verfallen"? Eine „gewisse Genialität" sei den beiden ja nicht abzusprechen, meinte selbst der greise Philosoph Gadamer hinter vorgehaltener Hand: „Charisma". Auf mich wirken diese Zuchtherren nur abschreckend.

30. November 2005
Ich sei „eine schöne Matrone", urteilt Michaels Dichterfreund Arnfrid Astel über mich. Bin ziemlich irritiert. Wie soll ich das verstehen, etwa als Kompliment? Klingt ziemlich gönnerhaft und eher als Kritik an meinem Alter, einer gewissen Reife und Schwerblütigkeit.

28. Dezember 2006
Auch dieses Jahr ist fast schon wieder vorbei, ohne dass ich etwas von meinen Plänen verwirklicht habe. Meine wissenschaftliche Arbeit ist leider kaum vorangeschritten. Ich kann manches einfach nicht mehr zusammenbringen. Zum Beispiel habe ich kürzlich im Zug nach Berlin einen Artikel über Kreuzberg gelesen und mir einige Straßen notiert, die ich aufsuchen wollte. Dann aber, vor Ort, ist mir nicht einmal eingefallen, *dass* ich mir etwas zu Kreuzberg aufgeschrieben hatte. Bestimmte Gehirnareale oder Gedächtnisschichten scheinen indes noch vorzüglich zu funktionieren. Mit französischen oder spanischen Wortbedeutungen habe ich keine Schwierigkeiten, taue förmlich auf, sobald ich die Sprachen höre. Bei dem seltenen Wort „Zeckenbiss" stellt sich sogleich der Begriff „morsure de tique" ein. Noch immer spreche ich fließend Französisch.

10. Juli 2008
Lieber Michael,
starker Wind hier auf Sylt. Und es ist relativ kalt in der „Volkshochschule und Akademie am Meer" in Klappholttal, ich friere. Doch jetzt kommt gerade die Sonne heraus und erwärmt mich ein wenig. Ich lese in eurer Broschüre, die ihr, verbunden mit

der Frage nach der Bedeutung der humanistischen Bildung, anlässlich eures 50. Abiturs zusammengestellt habt. So besinnlich-reflektiert, auf dass andere die besondere Qualität des humanistischen Gymnasiums und der alten Sprachen erkennen mögen, hattet ihr euch die Texte wohl kaum vorgestellt, doch das Experiment ist gelungen. Keiner Deiner einstigen Schulkameraden, selbst wenn ihr Berufsleben den Naturwissenschaften gewidmet war, zweifelt an der Prägekraft der klassischen Ideen und der griechisch-römischen Literatur. Und keiner hat gekniffen.

Ich würde so gern einmal mit Dir an diesem Strand entlang gehen, durch diese Dünenlandschaft, unterwegs zu einem großelterlichen Badeurlaub mit unseren Kindern und Enkeln. Ich erinnere mich dabei auch an Stromboli, an Neapel und Herculaneum vor zwei Jahren, kann sogar gelassener daran denken, wie ich damals auf Capri am Wegrand vergessen wurde. Wir sollten beide mit den Marotten des anderen nachsichtiger umgehen. Noch sind wir nicht allzu alt, noch könnten wir etwas Schönes miteinander machen.

Der meditative Tanzkurs einer Freiburger Lehrerin ist mir zwar um einiges zu mystisch angelegt, aber Tai Chi und Qi Gong sind jetzt genau das Richtige für mich: reine Bewegung. Das typische Klappholttaler Bildungsprogramm gibt's natürlich auch, gestern etwa ein Vortrag über Rahel Varnhagens Salon. Zwei ägyptologische Abende und einer über Himmelskunde werden folgen.

Ich mag Dich doch immer noch …

Deine E.

26. Dezember 2008
Lange scheine ich nichts mehr aufgeschrieben zu haben – aus Furcht vor dem leeren Papier, aus Vergesslichkeit oder aus Unsicherheit? Was habe ich derweil erlebt, unternommen, was habe ich konkret getan? Genügend freie Zeit zum Schreiben hatte ich ja nach der Pensionierung, ließ sie aber ungenutzt vorbeiziehen. Und wie soll es weitergehen mit der Familie, vor allem *mit mir, mit uns? Was tun?* Mein Verstand hat wahrscheinlich wirklich Lücken, Risse, Löcher, wie die anderen behaupten. Hinzu treten die Depressionen, in manchen Phasen anschwellend. Bin sehr unkonzentriert und ängstlich geworden. Manche Wörter fehlen mir, wenn ich sie brauche. Ich grüble (zu) viel.
Anschließend bin ich in den nahen Wald gelaufen, abseits der Wege, ins Unterholz, das ich schon immer bevorzuge. Hat aber auch nichts genutzt.

25. Januar 2009
Namen von Orten, von Straßen, Bächen, die mir zureden, während ich einschlafe in meinem Krankenhausbett, ähnlich lautende Namen wie Schnattergasse, Klappergasse, Taubengasse, Falkengasse, Augengasse; sich wiederholende, langsam ausklingende Namen, die mich in den Schlaf wiegen … Grobe Wörter wie Trinkwasserleitung, Schlamm, Kiesewetter wirbeln im fiebernden Kopf. Doch ich kann euch nicht festhalten, Wörter, nicht einordnen, Wortfolgen; kann den ewig fließenden Silbenfall nicht stoppen. Wohin strömen alle die vertrauten Laute und Silben, wohin ziehen meine Gedanken am Ende der Träume? Weil ich mich selbst als Person aufgegeben habe, höre ich, geben mich auch die anderen auf.

(Dies Brot brachte die Holzmeier, eine Pflegerin, mir ans Bett, als ich im Krankenhaus lag. Oder bilde ich mir das nur ein?)

12. Februar 2009
Seine Attacken, wenn ich mich ohnehin schwach und lädiert fühle, nehme ich Michael besonders übel, der ja seinen latent vorhandenen sadistischen Neigungen bisweilen freien Lauf lässt. Und weshalb ging es mir „ohnehin" schlecht? Erstens und klarerweise ist es natürlich die verschleppte Dissertation, worunter ja auch Michael leidet, wie ich wohl weiß. Umso mehr sollte er mich, schon im eigenen Interesse, schonen und aufbauen. Zweitens plagt mich die physische Seite, also der kalte Schweiß gepaart mit irrsinnigem Juckreiz, wahrscheinlich im Umfeld eines Infekts. Oder doch eher psychisch bedingt? Schon vor Jahren haben die Allergie-Tests und die Untersuchungen in der Hautklinik keine Klarheit gebracht.

9. März 2009
Irgendetwas Unerwartetes, Plötzliches ist geschehen, ein Bruch, ein Sprung, ein Riss über Nacht. Hat mich das Alter im Schlaf überrumpelt? Oder ist die Veränderung schrittweise passiert, schleichend, bohrend und lange unbemerkt von mir? Auf einmal fällt mir alles schwer, das Aufstehen, das Anziehen, sogar das Zähneputzen, auch das Treppensteigen. Gehe ich auf der Straße spazieren oder um etwas einzukaufen, bin ich nach kurzer Zeit so erschöpft, dass ich mich anlehnen oder hinsetzen muss. Das Alter fühlt sich an wie Schlamm, der sich ausdehnt, wie eine Krankheit, die zum Tode führt. Am liebsten würde ich mich einfach hinlegen auf diese Bank da, mich ausstrecken auf diesem

Mäuerchen, diesem Grasfleck, und warten, bis alle Kraft und alles Leben aus mir herausgelaufen ist.

30. März 2009
Wieder viel Angst, Kopfschmerz, ein Schwindelgefühl. Muss mich am Tisch festklammern. Auslöser: Michael hat mich wegen einer Nichtigkeit angebrüllt. Doch das reicht, ich weiß, zur Erklärung nicht aus, zumal er das öfter tut. Ich traue mir geistig nichts mehr zu, resigniere zu schnell, klappe die Bücher zu, weiche auf körperliche Aktivitäten (Sport, Turnen) aus, die mich rasch erschöpfen. So vertrödle ich meine Tage. Vielleicht sollte ich im Kirchenchor mitsingen oder in einem Frauen-Gesangs-Verein … Mit wem könnte ich reden? Habe keine Freundinnen mehr, die treusten sind fortgezogen und haben mich allein gelassen. Dass mich einige meiden, liegt vielleicht auch an mir, an meinen „mentalen Ausfällen", von denen die Ärzte sprechen. Muss halt alles in mich reinfressen.

19. April 2009
Es scheint mir klüger, Michael, der mich meistens skeptisch von der Seite beobachtet, aus dem Weg zu gehen und mich öfter unters Dach zu verkrümeln, wo er mich nicht hört und sieht. Ich fühle mich gerade sehr ruhig, sehr klar im Kopf, vielleicht wegen dem Hochdruckwetter, das seit Tagen herrscht. Sollte wieder regelmäßig am Schreibtisch und an den alten Texten sitzen. Am besten geht es mir immer, wenn ich arbeiten kann.
Ein paar Stunden später: Kopfschmerzen, Brummschädel. Ich bedauere mich. Der Nachbar mäht seinen Rasen. Ich kann mich auf nichts konzentrieren.

17. Mai 2009

Ich merke gleich beim Aufwachen, dass etwas mit mir nicht stimmt. Jähe Unruhe, Umherflattern treppauf, treppab im Haus, Atemnot. Sollte vielleicht wieder mit dem Rauchen anfangen, es beruhigt auf jeden Fall ... Oder zum Frauenarzt gehen? Ähnlich konfus fühlte ich mich, als ich Ende 1970 unser erstes Kind verlor. Ich war irrsinnig nervös, hatte extremen Bluthochdruck und Wasser in den Beinen. Das kleine Mädchen war nicht lebensfähig, es starb kurz nach der Geburt. Es war viel zu früh auf die Welt gekommen.

Quäle Michael noch um Mitternacht mit meinem Bemühen, zu rekonstruieren, was heute alles geschehen ist. Er soll an meiner Stelle sofort jede Kleinigkeit, Schritt um Schritt, aufschreiben! Er will nicht recht, weigert sich schließlich. Ich weine. Kann nicht einschlafen.

24. Mai 2009

Ich erwäge, eigentlich zum ersten Mal, selbst autobiografisch zu schreiben, was ich mir früher nie erlaubt hätte. Ob mir das noch hilft? Schreiben zum Beispiel über den Herkunftsort Edenkoben bald nach dem Krieg, die vielen Vögel über den struppigen Weinbergen, die bescheidene Gärtnerei des Stiefvaters am Triefenbach, den Geruch von feuchter Erde in den Gewächshäusern, die immer schmutzigen Hände, vor allem die Ränder der Fingernägel waren ständig schwarz und schartig von der Erdarbeit. Und wie peinlich es mir war, auf dem Markt das Gemüse, Blumen und im Winter Kränze für den Friedhof verkaufen zu müssen, vor den Augen der Mitschülerinnen und der „besseren Leute", zu denen ich auch gehören wollte. Obwohl die Feldarbeit für ein Landkind ja nicht ungewöhnlich war. Das Bücherlesen war fast nur heimlich auf dem Klo, bei verriegelter Tür möglich. Nie die Schläge mit der „Knoddelpeitsch" vergessen, die ich von meiner Mutter bezog, wenn ich nicht gleich folgte. Das Plumpsklo inmitten der Beete, die stinkende „Metzelsupp", die ich samstags beim Metzger in der Klosterstraße abholen musste. Der fast jeden Abend besoffene Stiefvater, der den Rückweg von der Wirtschaft nach Hause allein nicht fand, vielleicht auch nicht finden wollte, weshalb ich ihn heimholen musste. Und der brennende Wunsch, unbedingt auf das Gymnasium nach Landau zu wechseln und anschließend an einer weit entfernten Universität Sprachen zu studieren, um aus dieser provinziellen Enge irgendwie rauszukommen in die große, weite Welt ... Ja, ich wollte es schön haben, ich verlangte Entschädigung für diese nicht ausgelebte Jugendzeit und erwartete ein in jeder Weise aufregendes „geistiges" Dasein.

31. Mai 2009
Pfingsten, Fest des Heiligen Geistes und des Frühlingslichts. Wie auch gestern bin ich sehr klar in meinem Denken und Verhalten. Zwei schöne, bei aller Schwere starke Tage mit Marion und Thomas, Freunde aus München, in unserem sonnigen Garten und mit kleinen Wald-Spaziergängen und Gesprächen verbracht. Ich denke, so überstehe ich auch die kommenden Tage und Wochen. Werde die Freunde bei Gelegenheit fragen, ob ihnen etwas Krankhaftes an mir aufgefallen ist.
Michael ist auf Tauchstation, er scheint dem guten Wetter nicht recht zu trauen und will verständlicherweise *seine* Sachen durchziehen. Hilfreich wäre schon, wenn er mir ab und zu mitteilen

würde, wie er mich wahrnimmt. Würde er die Einschätzung, dass es mir besser geht, mit mir teilen, wäre das hilfreich für mich.

1. Juni 2009
Heute geht es mir schlechter denn je – vielleicht ist es der Abschiedsschmerz, weil die Münchner Freunde weggefahren sind, und wir winkten ihnen wehmütig hinterher. Die mir verordneten Tabletten gegen Depression und das Pflaster (Exelon) gegen „Demenz" (ich sträube mich, das grausige Wort hinzuschreiben) helfen mir nicht, ja sie verwandeln mich erst recht in eine schwächliche und kränkelnde Person, der immerzu geholfen werden muss. Ich rupfe Exelon nach zwei Stunden wieder von der Haut runter und fühle mich zunächst ausgezeichnet.
Komm erst mal zur Ruhe, sag ich mir, und bleib so für den Rest des Tages. Während ich liegend meditiere, kann ich mit Michael nicht sprechen, worauf er beleidigt reagiert. Was wäre, wenn ich plötzlich verwandelt aufstünde und Clara Schumann wäre oder Clara Zetkin, oder die stets kämpferisch gestimmte Clara Thalmann, eine Schweizerin, die bewaffnet mit den Anarchisten in den Spanischen Bürgerkrieg zog und über die ich vor vielen Jahren (wann genau war das, 1975?) ein Porträt geschrieben habe, gewissermaßen mein Vor- und Leitbild Clara und eine andere, bessere, ideal gedachte Mutter, der ich nachstreben konnte.

2. Juni 2009
Bei Andrea von Rotberg, der Ergotherapeutin, heute eine ganze Stunde lang nur geheult. Anschließend musste ich mich, Tränen in den Augen und fast blind, sehr anstrengen, um mich zu erin-

nern, wo ich das Fahrrad abgestellt hatte. Die Diagnose stimmt ja in mancher Weise schon: „Lähmung des Denkvermögens". Mühsamer Heimweg über Stock und Stein.

Ich hadere mit mir, weil ich meine Zeit verstreichen lasse und nichts mehr zustande bringe. Muss mir Nahziele und ein paar Termine setzen, die unbedingt einzuhalten sind. Die Rezension muss spätestens Mitte der nächsten Woche raus. Zuvor sollte ich meinen Schreibtisch aufräumen.

Im Haus ertrage ich Michaels forschende Blicke nicht, muss ihn noch mehr meiden. Gestern und heute schlich ich ohne das leiseste Selbstbewusstsein durch die Wohnung.

23. Juli 2009

Grässlicher Tag, zum Verkriechen. Panische Furcht vor Gedächtnisverlust. „Unaufhaltsam fortschreitende Demenz" lautet mein Urteil in der Sprache der Psychiatrie. Michael ist hilflos gegenüber meinen Angstattacken. Wie wird es mit mir weitergehen, mit uns, den Kindern und Enkeln, die ja auch Ängste entwickeln, wenn sie mich so in meinem Elend erleben? Ständig das Gefühl, der Boden würde gleich unter mir wegbrechen. Warum tut sich das Himmelstor nicht rettend auf für mich?

14. August 2009

Die Abreise in unseren Ferienort St. Quentin geriet diesmal so chaotisch wie noch nie. Obwohl ich alle meine Kleidungsstücke und Gegenstände, von denen ich annahm, dass sie mit auf die Reise sollten, auf dem Fußboden ausgebreitet hatte, schaffte ich es nicht, sie ordentlich einzupacken. Manche Gegenstände, etwa einen Föhn, wollte ich dreifach mitnehmen, während ich die Medikamente schon wieder vergessen hatte (oder vergessen *wollte?*). Und viel zu viele Hosen und Schuhe! Ich weinte, völlig verzweifelt über den Grad meiner Unkonzentriertheit. Unsere Freunde Uta und Klaus, in deren Auto wir mitfahren wollten, halfen beim Kofferpacken, und endlich, mit zwei, drei Stunden Verspätung, fuhren wir ab. Ich möge doch bitte, sagten sie eindringlich, auf die mir verschriebenen Medikamente bauen, die meinen Zustand gewiss stabilisieren würden. Hat alles keinen Zweck, wandte ich ein.

7. September 2009
Bin erst gegen Nachmittag aufgewacht, jedoch nicht aufgestanden, den Kopf unterm Kissen verborgen. Die Schicht grauen Schlamms in meinem Hirn will nicht weichen, sie schwappt immer hin und her, her und hin: ein Kopf voller Gelatine. Mir wird bewusst, wie sehr ich mich seit der von den Ärzten leichthin ausgesprochenen, in der Tat ungeheuerlichen und unbegreiflichen, von uns seltsamerweise nicht tiefer hinterfragten „Alzheimer"-Diagnose intellektuell aufgegeben habe. Und eben meint Michael mit Recht: Du tust halt nichts mehr, schon seit vier Jahren! Du musst dich mit all deinen Kräften wehren gegen das Bedrohliche, das da herankriecht, wie immer es genannt wird, sonst wirst du darin untergehen.

25. September 2009
Schon das Aufstehen und erst recht das Lesen oder gar das Schreiben kostet mich eine immense Energie. Es ist mir alles so fern gerückt, aber ich kann mir zu meiner Dauermüdigkeit nicht noch diese Entschlusslosigkeit erlauben. Und ich bin so

beschämt über meine Unfähigkeit, etwas Geistiges zu tun, was auch immer. Dabei würde ich gern noch einmal über Frauen schreiben, die mir etwas bedeutet haben, besondere, starke Frauen wie diese Anarchistinnen es waren, die inzwischen wohl alle gestorben sind. Warum weiß ich über ihre letzte Lebensphase und ihr Sterben nichts? Keine Zeit, kein Interesse? Allein das Hochgebirge der Doktorarbeit zu erklimmen, benötigt so viel Kraft, die ich im Augenblick nicht aufbringe. Ich fühle mich manchmal wie eine kaputte Stoffpuppe, aus der das Sägemehl rausläuft.

9. November 2009
Trübes Novemberwetter, ebenso trüb ist meine Stimmung, allein schon der Jahreszeit wegen. Nichts kann und will mehr glücken. „Schwindende Hirnleistung" nennen die Seelenmediziner das auch, woran ich nun laboriere. Keine Aussicht irgendwohin. Keine Hoffnung auf Besserung. Ein Ende in Tranen? Und die Angst, dass es schlimmer wird (dumpfer, leerer, schmutziger), bleibt immer dicht bei mir. Es nutzt nichts, die Tür abzuschließen.

> „Niemand wird lesen, was ich hier schreibe, niemand wird kommen, mir zu helfen."
> (Franz Kafka)

20. November 2009
Tief im Innern weiß ich genau, dass ich nicht mehr geistig werde arbeiten können, ich spüre es, und das tut so extrem weh. Allenfalls wird es mir noch gelingen, einfache Texte zu rezipieren (viel-

leicht); produzieren werde ich keine mehr. Ich sehe alte Papiere zur Doktorarbeit durch, Exposés, Entwürfe. Erwäge immerhin die Möglichkeit, aus dem In-die-Tage-Hineinleben, dem Herumhängen, den Klagen und Anklagen noch einmal herauszufinden, indem ich über einen Teilbereich der Arbeit einen Essay oder ein Professoren-Porträt verfasse, zum Beispiel über Friedrich Gundolf oder Rudolf Fahrner, beide waren Anhänger Stefan Georges in Heidelberg. Einen Augenblick überlege ich mir sogar, einen Aufsatz über die Heilige Elisabeth von Thüringen zu schreiben, eine mildtätige Nonne im strengen Mittelalter.

Etwa Januar 2010
(nicht leicht zu entziffernde Notizen mit Blei auf einem blauen Fetzen Papier, der unter Elisabeths Schreibtisch lag, herabgeweht zu einem Zeitpunkt, als die mit der Krankheit verbundene Unbeweglichkeit schon von ihr Besitz ergriffen hatte, sie aber ihre Lage noch vollkommen klar durchschaute und reflektierte, was ihr später nicht mehr möglich war)

Depression ja … aber mit einer plötzlichen hellen Phase. Ich unterstütze dies und schaue nach Jahrzehnten wieder in meine „Gesammelten Werke". Ich denke, das Beste, was ich geschrieben habe, sind meine Studien über die Frauen im Spanischen Bürgerkrieg und über die Gruppe „Mujeres Libres", allein schon durch die klare Ausdrucksweise in meinen Gesprächen mit den revolutionär gebliebenen alten Frauen Clara Thalmann, Lola Iturbe und Emilienne Morin (sie waren damals etwa in meinem heutigen Alter), hin und her wechselnd zwischen den Sprachen Deutsch, Spanisch, Französisch, zwischen handschriftlichen Notizen und Tonband-Aufnahmen. So hell im Kopf, so neugierig und ernsthaft zugleich unterwegs in der Geschichte, fühlte ich mich später nie mehr. Jahre vorher jedoch, im Romanistik-Studium, durchaus, als ich zum Beispiel dem Reiz der dunklen Gedichte Gérard de Nervals verfiel. Oder etwas später, als ich Klaus Theweleits „Männerphantasien" entdeckte und, so glaube ich wenigstens, als eine der ersten umfassend besprach.

11. Januar 2010
(aus einer autobiografischen Passage, die eine der letzten Buchbesprechungen Elisabeths eröffnen sollte)
Immer schon habe ich gern und viel gelesen. Manchmal, bereits als Kind und erst recht als Jugendliche, wenn ich der Ansicht war, ich hätte nun genug in der Gärtnerei meiner Eltern geschuftet, war ich auf dem weitläufigen Gelände, verborgen im Plumpsklo, einfach unauffindbar und antwortete auf keinen Ruf. Welch eine Befreiung war dann der Beginn des Romanistik- und Germanistikstudiums in Heidelberg. Ich fand eine Bleibe in der Altstadt, die in der Ingrimstraße zwischen dem Germanistischen Seminar und der Universitätsbibliothek lag. Besonders gern saß ich im sogenannten Grimm-Saal des „Deutschen Hauses". Die altdeutsch gestimmten hohen Wandgemälde, unter denen ich las, mochte ich, auch wenn mir die kräftige Portion Kitsch durchaus bewusst war. Das trockene Dielenholz knarrte, die Bücher rochen anregend und Zeit spielte keine Rolle.

24. Januar 2010
Nein, mit dem Schreiben will es nicht mehr klappen, leider. Die schöne produktive Zeit, die ich im Nachhinein vielleicht auch

ein wenig idealisiere, um mich an ihr zu wärmen, das lange Lesen unter grünen Lampenschirmen in den sich leerenden Sälen der Uni-Bibliothek und anschließend weiter im Bett bis in den Morgen hinein, in die Jugend des Grünen Heinrich vertieft. Der lebhafte Geschichts-Diskurs, das Theorie-Gespräch unter Freunden sind aus und vorbei. Ich bin sehr deprimiert. Keine Lichtblicke mehr, nichts, worauf ich mich freuen könnte. Auch unglücklich, da ich dabei bin, nahezu alles mir Wissenswerte einschließlich der Buchtitel und Autoren-Namen schrittweise zu vergessen. Zu Anfang machte ich mir auf Merkzetteln noch einige Notizen (cui bono?), die meisten gingen verloren, oder ich habe sie zerrissen, verbrannt. Bin nicht einmal mehr in der Lage, meine Regale mit den Leitz-Ordnern auch nur anzusehen, durchzugehen …

Was kann ich noch, und was könnte ich noch leisten? Und wohin mit mir demnächst in diesem debilen Zustand, der zu erwarten ist, welches Pflegeheim wird mich aufnehmen? Nie war ich neugieriger auf die Welt als zwischen zwanzig und dreißig: neugierig auf fremde Kulturen, fremde Sprachen, auf den Kosmos der Bücher und auf ihren besonderen Papiergeruch, das Tannenholz der endlosen Regale. Las vielmals Thomas Manns „Zauberberg", noch öfter Stendhals „Rot und Schwarz"; folgte sogar Paul Valérys intellektuellen Spuren. Nächte hindurch habe ich an Referaten geschrieben und auf ein ganz besonderes Ereignis gewartet, das in der von mir erhofften Form nicht eintrat, oder ich erkannte es nicht, oder erst, als es vor mir stand in Gestalt der Liebe oder der Revolte und behauptete, nun mein Schicksal zu sein.

30. Januar 2010
Ach ja, „meine französischen Jahre", bald nach dem Abitur, dieser Aufbruch, meine Begeisterung für die romanischen Sprachen, meine Reisen in die Freiheit, wann immer es ging, mit dem Nachtzug nach Paris oder Chambéry, fast ohne Geld (aber Chansons, schwarzer Café, schwarze Zigaretten im Rucksack!), zu Jean vor allem, immer wieder zu ihm, meinem ersten Geliebten, einem jungen Maler, der in mancher Weise bedürftig war, in einer Dachkammer hauste, Jean, der mich schwängerte und bald in irgendeiner Provinzstadt als Zeichenlehrer verschwand. Habe ihn nie wiedergesehen; er war auch in mir bald nicht mehr vorhanden und blieb für immer verschwunden, eine hoffnungslose Geschichte, deren Folgen ich freilich allein ausbaden musste. Ich weiß gar nicht mehr, wo und wie ich ihn kennengelernt habe und wo genau er gewohnt hat; von welcher Art und Qualität seine Bilder waren. Auch sein Gesicht und seine Gestalt sind mir entfallen, selbst seine Haarfarbe, der Geruch seiner Haut. Weiß nur noch, dass sein Vater in der Résistance war und dass er deshalb Deutschland und die Deutschen nicht mochte und mich nie besucht hat.

16. Februar 2010
Das angebliche Antidepressivum Mirtazapin macht mich ganz verängstigt. Ich flattere im Haus, das zu wanken scheint, hin und her, husche die Wände hinauf und hinunter, bis ich schwindlig werde, klebe bald erregt an der Decke, bald hocke ich erschöpft und in mich verkrochen am Boden. Kann mich noch weniger als sonst konzentrieren.

10. März 2010

Bei einem eher achtlosen Griff in das Bücherregal, unten im Wohnzimmer, fiel mein Blick auf unsere „Kinderhefte". Auch die sie umgebenden Bücher habe ich fast so lange nicht mehr angeschaut wie diese dicken Hefte, voll mit Aufzeichnungen über die Entwicklung unserer beiden Kinder, von uns Eltern seit 1972 über die Jahre hin zusammengetragen, für uns und mehr noch für sie ein unschätzbar wertvolles Material, für später gedacht. Schuld am Vergessen ist vor allem die Depression, die mich seit Monaten fest im Griff hat. Keine Ziele mehr, keine Aufgaben – außer den ja nicht zu unterschätzenden in der Familie, denen ich auch nur noch mit Mühe gerecht werde, wenn überhaupt. Noch habe ich mich nicht an das angeblich so ruhige und beschauliche, in Wahrheit nackte und grausige Alter gewöhnt, und ich fürchte, es wird mir nie gelingen.

17. März 2010

Nach einigen massiveren Ausfällen, Ausflüchten und Not-Schreien, angesichts zunehmender Depression und Hilflosigkeit, habe ich mich gefügt und bin mit Michael per Taxi in die Psychiatrische Klinik gefahren. Man will hier auf einer halb geschlossenen Station die auf mich zutreffende Dosierung der Medikamente herausfinden. Bin sehr verzweifelt. Flüstere mechanisch „Hilfe" vor mich hin.

18. März 2010

Heute also mein zweiter Tag in der Psychiatrie im alten Bergheimer Klinikum (nachdem ich gestern Abend nicht anders konnte und nach Hause abgehauen bin. Ich hielt es in dem grauen muffigen Gemäuer nicht mehr aus). Jedenfalls bin ich heute Morgen gegen 10 Uhr, von Michael gedrängt, wieder zurückgekommen, nur um mich hier grauenvoll zu langweilen, wie noch niemals in meinem Leben. Ständig der Blick auf die Armbanduhr, die Wanduhr, die Sanduhr. Ich versuche mir einzureden, dass es mir zu Hause auch nicht wesentlich besser ginge, nachdem ich alle wissenschaftlichen Schreibpläne fallen lassen musste.

Zum ersten Mal im Speisesaal mit den übrigen Patienten gegessen. Die meisten scheinen mir ebenfalls depressiv zu sein, wie sie so flüchtig umherschauen und sich verstohlen kratzen, manche krumm und grau und ganz in sich verkrochen, andere mit starken Medikamenten sediert. Wieder andere, Jüngere lachen überlaut und gerieren sich albern. Ich halte Abstand zu allen. Fühle mich hier nicht zugehörig. Entmündigung rundum. Verschlossene Fenster. Sogar die Tabletten musste ich abgeben und bekomme sie abends ans Bett gebracht. Ich glaube, ich muss das laufende Experiment vorzeitig abbrechen.

20. März 2010

Wache erst kurz vor 9 Uhr in meinem Krankendoppelzimmer auf, zu spät wohl, denn es ist niemand mehr im Speiseraum zu sehen. Bitte nachträglich um etwas Brot und eine Tasse Kaffee. Mümmle das dürftige Frühstück herunter, das mir vorgelegt wird, zwei Scheiben Brot und Streichkäse, dünner Kaffee. Werde mich jetzt vors Haus begeben, in den kleinen sonnigen Park, vielleicht etwas rumrennen. Niemand vom Personal hält mich auf oder spricht mit mir, niemand muntert mich auf. In einer Raucherecke versammeln sich die in ihren Rollstühlen rausgeschobenen Patienten. Sehen aschgrau aus, einige husten bellend.

22. März 2010
Visite. Großer Bahnhof. Professoren, Oberärzte, Unterärzte und Pflegepersonal in offenbar noch immer hierarchischer Ordnung. Wie mir scheint (und wie sie mich dann auch ansehen): vornehm distanzierte, ihrer Rollen und Bedeutung bewusste, doch nicht besonders einfühlsame Damen und Herren. Ich bezweifle, dass sie wirklich das ganze Ausmaß des Elends hier überblicken. Sie wollen es lieber nicht sehen. Ich erkläre ihnen, dass ich zum Wochenende heimgehen werde, worauf niemand reagiert. Nehmen mich offenbar nicht ernst („das Objekt hat ja eine Meinung!"). Die Spielstunde in der Bastelecke im Dachgeschoss nennen sie Ergotherapie. Ich habe ostentativ nicht mitgemacht.

24. März 2010
Besucher stellen sich ein, Michael, Line, Uta. Sie müssten sich unbehaglich fühlen in dieser seltsam säuerlichen, kühl-grauen Atmosphäre, einer für Außenstehende fremden Lemuren-Welt, sie sagen aber nichts. Was soll ich ihnen erzählen? Vielleicht behaupten, dass ich gut hierher passe und dass mir hier geholfen wird? Mich wundert, dass die Depressionen nicht gleich nach meiner Pensionierung massiv aufgetreten sind. Ich konnte also den Schmerz darüber, dass ein so zentraler Lebensbereich wie das Lesen und Schreiben wegzubrechen drohte, etwa drei Jahre lang, bis 2008, vor mir verbergen. Ich begann umständlich mit dem Abbau der Papierberge, statt diese Berge sofort mit Blick auf die Dissertation zu bearbeiten und in den laufenden Text einzuordnen. Ich spürte, dass da etwas Dunkles, Unbekanntes auf mich zukroch, das sich nicht abweisen ließ …

25. März 2010
Die üppige Zimmergenossin, die ständig das Radio laufen ließ und dazu telefonierte, wurde „nach Hause" entlassen. Gerade zieht eine ähnlich dicke Frau meines Alters ein, sie schnauft und stöhnt in einem fort. Wie soll ich das aushalten? Jetzt, nach dem Abendessen, sitzt sie apathisch auf ihrer Bettkante, wenn ich ehrlich bin: mir nicht ganz unähnlich. Ab und zu schwätzt sie mich an mit Belanglosem (Wetter, Familie, Ärzte), wofür sie jedes Mal eine Bestätigung zu erwarten scheint. Ich habe sie auf den Gemeinschaftsraum und das abendliche Fernsehprogramm hingewiesen, falls sie ein Bedürfnis nach Nähe verspüren sollte, was anfangs auch geholfen hat. Aber sie ist schon wieder klebrig, zeigt mir Fotos ihrer Enkelkinder. Bin ganz flattrig: Wann wird sie mich wieder anschwätzen? Habe hier einen herrlichen breiten Schreibtisch entdeckt, den ich leider nicht nutzen kann.

26. März 2010
Nach dem Frühstück ein längeres Telefon-Gespräch mit Line. Ich jammere, dass ich hier raus will aus dieser Klapsmühle, und zwar gleich, obwohl ich weiß, dass ich zu Hause kaum weniger unglücklich und verloren sein würde. Entlassung, ja, bitte sofort! rufe ich ins Telefon, hilf mir! Wende dich energisch an die Ärzte! Schon weil ich meine Zimmergenossin und ihr Dauerstöhnen kaum aushalte. Ob sie irgendwelche Schmerzen hat, wage ich nicht zu fragen, um sie nicht zum Gespräch zu ermutigen.
„Meeting" mit allen Patienten, ein „Gesprächskreis" heißt das wohl auf Deutsch. Jeder soll sagen, wie er sich fühlt, was in ihm vorgeht und so weiter. Ich schweige auf solche Fangfragen lieber. Die Namen und die Gesichter der Ärzte und Pfleger kann ich

mir nur unzureichend merken. Auch Tests bestehe ich nicht, bei denen es etwa darum geht, mir Wörter für bestimmte Gegenstände einzuprägen und sie dann zu wiederholen.

Es folgt das Streuselkuchenessen. Und schon wieder werde ich verwaltet und zu einem gemeinsamen Spaziergang mit den Pflegern verdonnert. Muss also mit den anderen Depressiven durch die bekannten Straßen der Innenstadt schlurfen, wo mancher mich erkennen dürfte. Früher wäre mir das extrem peinlich gewesen. Und warum jetzt nicht mehr?

29. März 2010

Visite. Wieder sitzen sämtliche Ärzte und Therapeuten mir gegenüber, gleichsam als „Gegner" (Feinde wäre etwas zu hart), und ich verkaufe mich wie immer in solchen Prüfungs-Situationen schlecht. Mache jedenfalls einen ungünstigen, fahrigen Eindruck. Ich benötige einen auf mich zugeschnittenen Therapie-Plan, ist zu hören, um als ordentliche Patientin der hiesigen Psychiatrie zu gelten. Immerhin kann ich noch reagieren auf das, was mir da entgegenkommt, kann mich partiell verweigern und auf meiner baldigen Entlassung bestehen. Ich kann auch noch aus dem Französischen übersetzen, aber nichts Neues mehr *gestalten*.

5. April 2010

Blieb vorhin beim Abendessen noch lange am Tisch sitzen, hungrig wartend, ob mein Gegenüber vielleicht ein Knäckebrot, eine Banane oder ein Joghurt für mich übrig lässt. So weit ist es schon gekommen.

Klinik-Koller, zumal meine bedauernswerte Zimmernachbarin

„heult ohn' Unterlass". Ein Zitat? Aus welchem Theaterstück, welchem Roman stammen diese Worte? Und wer spricht sie? Eine Unglückliche, Enttäuschte, Verlassene?

7. April 2010
Mit Schwiegersohn Frank und Michael etwa eine Stunde auf einer sonnigen Bank im Park der Klinik verbracht, umgeben von vornehmer Architektur des späten 19. Jahrhunderts. Ansätze eines „Bildungs-Gesprächs" über Geschichte, Pädagogik und die schöne Literatur, bald abbrechend. Und ich merke wieder, mehr als ein paar konzentrierte Sätze sind mir nicht mehr möglich. Schweife allzu rasch ins Alltägliche und Triviale ab, worin ich mich aber nicht aufgehoben fühle, sondern verlösche, haltlos versinke in einem diffusen Brei von Geschwätz. Als sie gegangen waren, hatte ich alle Mühe, die folgenden Stunden bis zum Abendessen hinter mich zu bringen. Mit Hilfe einer älteren Ausgabe des „Spiegels" gelang es mir (ein wenig).

10. April 2010
Ich stehe schon am Vormittag, gegen 10 Uhr, nach wie immer kargem Frühstück untätig im Klinikzimmer herum, zumal sich niemand um mich kümmert, statt jetzt wohlgemut durch die Frühlingssonne nach Hause zu gehen. Habe auch nichts Geeignetes zu lesen dabei. Entdecke immerhin ein französisches Lehrbuch für die Oberklassen in der nicht gerade gut sortierten Klinik-Bibliothek. Nachmittags dieselbe Leere. Nicht einmal ein kräftiges Mittagessen, ein sättigendes Abendessen gibt es hier. Habe ständig Hunger, Hunger und Langeweile.

13. April 2010
Einzelgespräch mit dem Psychologen des Hauses, mit dem ich schon Tischtennis gespielt habe: Belangloses über mich. Abgenutzte Sätze, tote Begriffe. Alles Wesentliche gut verborgen, verschlossen in mir. Dauernd wird hier geputzt, gebohnert, gewischt, gerade werden wieder mal die Vorhänge abgenommen. Die Zimmer bleiben trotzdem trist und muffig; überall Schatten im Raum. Mein verschüchtertes Zimmer-Walross stöhnt, sie kackt bei offener Tür. Ich bin ganz ohne Beschäftigung, sterbe vor Langeweile. Das eigentlich altvertraute „Domino" zu spielen fällt mir schwer, zumal dann, wenn es schnell gehen soll mit dem Anschließen der Steine zu mäandernden Mustern. Viel Hunger, weil ich erneut das Frühstück verschlafen habe. Warum weckt mich auch niemand? Noch über eine Woche muss ich hier ausharren. Nein, ich bin keine Querulantin, sage ich zu Line am Telefon, ich leide wirklich!

23. Mai 2010
Wieder Pfingstsonntag – schon immer einer meiner liebsten, hellsten Tage im Jahr, auch wenn ich nie katholisch war. Ich stelle mir ein weißes Zimmer vor (auf keinen Fall in der Klinik!), einen reich bestickten Bettüberzug, eine weiße Damast-Tischdecke ohne Flecken, dickes weißes Papier, beschrieben, bemalt oder mit Fotos bedruckt. Ein Schweißtuch mit leichten Abdrücken meines Körpers, eine glatte, nicht ständig juckende Haut, einen kühnen, hochmütigen Gesichtsausdruck. Manchmal fallen mir die Vornamen meiner Kinder nicht mehr ein, ich weiß auch nicht mehr, ob meine Eltern noch leben (hatte ich eigentlich einen Vater?) und was ich gerade zu Mittag gegessen habe,

wenn man mich fragt. Dann wieder singe ich sogar mit Lust alte deutsche Volkslieder und französische Chansons, es klingt ein wenig wie ein Aufbruch, eine zarte Revolte, wie ein erstes Radfahren im Frühling, wenn dem Kind plötzlich bewusst wird – ja, ich fahre, ich atme, ich lebe.

21. Juni 2010
Hatten wir früher Tiere? Einen Hund, glaube ich, hatten wir, ja, einen Dackel, der besonders an Michael hing. Er ist weggelaufen, auf die Straße hinaus und gleich unter das erste Auto, das vorbeikam, und hat sich den Nacken gebrochen. Die Kinder haben geweint und ihn in einer Pappkiste begraben mit frischen Himbeeren und einem Knochen als Beigaben.

25. August 2010
Aufwachend in der Nacht – heute dürfte unser Hochzeitstag sein, der vierzigste vermutlich (oder ist es schon der einundvierzigste?). Ich weiß das Datum nur noch, weil es vorhin am Tisch erwähnt wurde und ich es mir notiert habe. Damals haben wir die Hochzeit ohne jede Feierlichkeit begangen, stillos, mit hochmütigen, provokanten, anti-bürgerlichen Gesten, leider. Wir konnten mit Ritualen nicht umgehen. Ein Rauschen in den Ohren, ein Kribbeln in Fingern und Zehen. Kann nicht einschlafen. Vielleicht huschen Mäuse im Gebälk umher, oder eine Siebenschläfer-Familie richtet sich gerade ein … oder der Wind pfeift so hell im Kamin.

Mitte September 2010
Ich habe vor Wochen zwei Buch-Rezensionen beendet und abgeschickt, über eine Biografie der Pädagogin Caroline Rudolphi und über die neuromantischen Dichter um Alexander von Bernus auf Stift Neuburg, Arbeiten, die mich mehr als sonst üblich angestrengt haben. Ich brachte die Gedanken, die Sätze kaum mehr richtig zusammen, sie zerfielen mir immer wieder in Teile. Wahrscheinlich waren es meine letzten Artikel. Die fertigen Abschnitte der Dissertation (etwa 150 bis 200 Seiten) und die zahlreichen entworfenen Kapitel hebe ich auf, obwohl ich mein Opus leider nicht beenden kann, was so wehtut. Ich sehe es davonschwimmen und kann es nicht festhalten, auch nicht weitergeben an zukünftige Forscher. Unsere Kinder, spätesten die Enkel, werden diese Fragmente einmal wegwerfen müssen, um sich von ihnen zu befreien.

Im November 2010
Wie lange lässt sich das rasch Verfließende, Zerfallende noch bändigen und einfangen, die Seuche des Vergessens aufhalten? Der Kern einer dementen Person löst sich restlos auf, hört man, liest man, spürt man auch selbst, wenn man in sich hineinlauscht, die Umrisse verschwimmen. Geräusche, Leere und Schatten breiten sich aus ... Ich fühle mich ebenso wie der Novemberwald vor meinem Fenster: im Dauernebel, müde, grau. Lustlos, lichtlos. Geistige Ziele, schöpferische Möglichkeiten sehe ich schon lange nicht mehr. Ich weiß nichts mehr und ich bin nichts mehr, bin ganz langsam, ohne es gleich zu merken, schleichend eine andere, mir fremde Person geworden, die alles hinter sich und nichts mehr vor sich hat (ähnlich wie der ausge-

brannte Hölderlin sein 36 Jahre währendes Restleben im Tübinger Turm empfunden haben mag), bin fast eine Art Sofakissen geworden, so träge, so faul, eine Bettwurst. Ja, ich wäre am liebsten tot, das ist die reine, traurige Wahrheit. Dass ich dies immerhin noch bemerke und darunter leide, ist wohl ein Zeichen, dass ein Teil von mir doch noch vorhanden ist.

Dazu passt ein aus Elisabeths Papierkorb gefischtes Zitat:

> „April und Mai und Julius sind ferne,
> Ich bin nichts mehr, ich lebe nicht mehr gerne."
> (späte Verse Friedrich Hölderlins)

Dies sind die letzten Aufzeichnungen Elisabeths, die ich zwischen Exzerpten aus wissenschaftlichen Büchern in etwa zehn verschiedenen Notizheften sowie auf losen Zetteln entdeckt und beim Abschreiben mal mehr mal weniger überarbeitet habe. Sie demonstrieren die Breite ihrer Interessen, ihre besondere Fähigkeit zur Beobachtung, zum sprachlichen Ausdruck wie zur nervösen (Selbst-)Reflexion. Ich bin mir ziemlich sicher, dass sie nach 2010 nichts mehr aufgeschrieben hat. Über Dinge und Ereignisse zu reflektieren wie zu schreiben war ihr nicht mehr möglich, und sie hat geistig immer weiter, wenn auch sehr langsam, abgebaut und sich dabei in kleinen Schritten „zurückentwickelt" und ist endlich so gut wie verstummt.

Trotzdem, das Ende der Geschichte sollte offen bleiben … Ich könnte auch, zugegeben etwas tollkühn, schreiben: Es gibt kein Ende, das Beste kommt noch …

Inhalt

I. Dies fiese Alter   7
II. Aus meinen Aufzeichnungen,
    soweit sie Elisabeths Krankheit betreffen   25
III. Aus Elisabeths verstreuten Papieren   162

Michael Buselmeier

Ende des Vogelgesangs

Eine Kindheit

Poetische Erinnerungsmomente und Abgründe einer schwierigen Kindheit im Heidelberg der Kriegs und Nachkriegszeit führt Michael Buselmeier in seinem Prosatext zusammen. Verlassenheit, Tod, Gewalt, Missbrauch und Sadismus stehen neben tröstenden Naturerfahrungen, Kinderspielen, Puppentheater, Abenteuerfilmen und unvergessenen Leseerlebnissen. Buselmeier gräbt sich Schicht um Schicht in die Vergangenheit und hebt seine frühesten Bilder, Sätze und Empfindungen durch die Literatur ans Licht.

„Es sind intensive, genau beobachtete und poetisch verdichtete Szenen (s)einer Kindheit, die Buselmeier in diesem Band locker aneinandergefügt hat." Rhein-Neckar-Zeitung

„Wer sich Buselmeier anvertraut, ist eingeladen, von der vorgeschriebenen Route abzuweichen und dabei die Gespenster eigener Kindertage anzurufen." Signum

Das gesamte Programm gibt es unter
www.morio-verlag.de

1. Auflage
© 2021 Morio Verlag, Heidelberg
Morio Verlag, ein Imprint der mdv Mitteldeutscher Verlag GmbH
www.morio-verlag.de

Alle Rechte vorbehalten.

Gesamtherstellung: Mitteldeutscher Verlag Halle (Saale)
Umschlagabbildung: © Kotkoa – shutterstock.com

ISBN 978-3-945424-86-5

Printed in the EU